# 镌刻似水流年

郭智孚 著

中国言实出版社

**图书在版编目（CIP）数据**

镌刻似水流年 / 郭智孚著 . -- 北京 : 中国言实出
版社, 2023.5

ISBN 978-7-5171-4420-5

Ⅰ . ①镌… Ⅱ . ①郭… Ⅲ . ①长篇小说—中国—当代
Ⅳ . ① I247.5

中国国家版本馆 CIP 数据核字 (2023) 第 050471 号

## 镌刻似水流年

责任编辑：史会美
责任校对：王建玲

出版发行：中国言实出版社
　　　地　址：北京市朝阳区北苑路180号加利大厦5号楼105室
　　　邮　编：100101
　　　编辑部：北京市海淀区花园路6号院B座6层
　　　邮　编：100088
　　　电　话：010-64924853（总编室）　010-64924716（发行部）
　　　网　址：www.zgyscbs.cn　电子邮箱：zgyscbs@263.net

经　　销：新华书店
印　　刷：成都市兴雅致印务有限责任公司
版　　次：2023年5月第1版　2023年5月第1次印刷
规　　格：880毫米×1230毫米　1/32　7.25印张
字　　数：100千字

定　　价：68.00元
书　　号：ISBN 978-7-5171-4420-5

# 序

◎

　　一场普通的相遇，让正值青春年华的小智和玲儿情定中南，让"校园到婚纱"这一小概率事件发生，故事里的男女主角在经历八年的风风雨雨后携手完成了"三拜之礼"。八年时间，说长不长，说短也不短，这其中有过很多次走南闯北，也有过很多次吵吵闹闹，还有过很多次异地甚至异国的思念。作为故事主角原型之一的我，时常感到很庆幸，因为这一切仿佛是那么的容易，又是那么的不易。

　　对于家庭并不富裕的我来说，想要做到三十而立还是比较困难的。她嫁给我的时候，我没房没车没存款，甚至连迎娶她的婚车都是用的她家亲戚的，更别提有什么豪华的迎亲车队了。我相信在今后的日子里，无论是小说里的小智还是现实中的我都舍不得让这个"又憨又傻"的姑娘受苦。

不谦虚地说，我对写散文是比较有信心的，但写小说着实不是我的强项。小说家们对容貌、动作、细节的描写，并非一朝一夕之功，至少我现在是做不到的，但我还是想将我们的这个故事记录下来。当然，如果有机会能将这个故事分享给大家，那是最好不过的。这个故事的情节可能没有其他小说那么跌宕起伏和扣人心弦，文字也可能没有那么生动活泼，但这是我们一段真实的青春，是我们用八年时间实践出的一段爱情故事。

似水的流年里有初恋的陪伴，是何其幸运和幸福的一件事，相偎相依，相互促进，一起成长，共度一生，就像歌词里所写的那样：一牵手，一初恋，便是一生一世。故事以男女主角在物质条件并不富足的情况下结婚结尾，或许能对现代年轻人的爱情观念起到一定的正向引导作用。

成家从来都不是幸福的结束，而是另一种幸福的开始。所以，我们的故事并不会止步于此。最后，愿正在阅读《镌刻似水流年》的你岁月静好，拥有爱情。

# 目录

# 第01章　初次邂逅

玲儿，十八岁，从小在大城市长大，目前是 H 大学外国语学院商务英语专业的大一学生，除了是班上的心理委员，还是校学生会勤助部的一名优秀干事。但学生会里面卧虎藏龙，很难凸显出自己的分量，所以玲儿就想着"跳槽"，找到一个能大展拳脚的舞台。

不久，机会就好像如约而至，H 大学为响应国家创新创业的号召，筹备成立与校团委、校学生会、校学生社团联合会平级的第四大学生组织——校科技协会。听闻校科协将要成立，玲儿认为这是个机会，便提交了办公室副主任一职的报名资料。

没过几天，玲儿就接到面试通知。但近期，无论是学业上还是勤助部的工作上都有较多事情，这就导致玲儿来不及做任何关于校科协面试的准备。直到面试当天，玲儿才在纸上打了一下草稿，然后急急忙忙到面试等候区——楼道的走廊上反复地阅读着。

就在此时，她的这股认真劲儿吸引到了一个男生，那个男生看了玲儿许久后开口问道："嘿，你也是来科协面试的吗？"

玲儿一边继续低头看稿子一边小声回道："嗯嗯，是的！"

男生说："这么努力啊，都快面试了还在看稿子！这就让我想起了高考前夕……佩服佩服！"

玲儿听后抬头打量起眼前的这个人，心想："这什么人啊，用这么鄙视的语气，头发这么凌乱，面试还穿个拖鞋，简直就是不修边幅嘛！"玲儿不想搭理他，于是就回了句："嗯嗯，是因为之前太忙了，没时间准备，我这是临时抱佛脚。"

男生说："这就是学霸的口气了，哪像我这种真正没做准备的，临时抱佛脚都没得！但人生哪有那么多让你准备好了才开始的事？最重要的是处变不惊和随机应变。"

玲儿压根儿不想理眼前这厮，回了一个尴尬而不失礼貌的微笑后继续背起了稿子。

面试进行得很顺利，玲儿如愿当选了办公室副主任。在科协新成员第一次见面会上，玲儿又见到了那个男生，原来他叫小智，也顺利通过了面试，现在已经是网络宣传部部长了。

因为在面试时见过，所以散会后玲儿主动向小智打招呼，小智只是礼貌地回应着，看那表情就好像没有见过玲儿一样。

于是，玲儿说道："你不记得我了？那天面试的时候我们见过的呀，你还说我临时背稿子。"

小智尴尬地回道："是吗？好像有这回事，我有点记不清了，你好像和那天长得有点不一样！"小智停顿了一下，又接着说道："还没请教你叫什么名字呢。"

玲儿一听，马上回道："玲儿，外国语学院的，以后还请多多指教。"

小智一边挠头一边说道："说实话，刚刚大家自我介绍了一圈，但我一个人都没记住。以后互相指教，嘿嘿。"

经过了解，小智在学校的读者俱乐部混得有声有色，是会长候选人之一。说来也巧，玲儿在勤助部的一个好友小悦悦是通信工程专业的学习委员，和小智在班级管理的一些工作上有较多交流，这就使小悦悦成了小智和玲儿之间的一座"桥梁"。

话说回来，此时校科协的创会干部虽然都选拔出来了，但终归还是没有正式成立，这些新晋干部为筹备科协成立大会忙得不亦乐乎。小智经常在完成了自己的工作后去帮玲儿，好像就是从那时起，从小生活在城市里的玲儿对这个乡下来的男生的看法逐渐好转。在学校的大力支持和各位"新官"三把火的燃烧下，校科协的成立大会在盛夏六月圆满举办。

为了感谢小智的帮助，玲儿请小智吃了市一中旁边的特色美食——鱼粉。小智心想，作为一个男生不能白吃人家小姑娘的，所以在回H大学的路上，小智看到一家电影院，就随口提议道："我不能白吃你的鱼粉啊，要不然我请你去看电影吧！"玲儿说："好啊，这段时间忙疯了，现在科协正式成立了，去看看电影放松一下也挺好的。"

一进电影院，玲儿便看到了邓超的新电影《分手大师》的海报，于是，她对小智说道："我们就看这个《分手大师》吧！"

小智结巴道："可以啊，选电影你应该比我在行，但是这个电影的名字听起来不是很吉利啊！"

玲儿说："又不是看电影名字的，主演是邓超，应该还不错的！"

小智疑惑道："邓超？"

玲儿说："你不会不认识邓超吧，他老婆是孙俪。"

小智问道："孙俪？就是演《甜蜜蜜》的那个？"

玲儿说："天哪，这都是什么年代的剧了，你是只知道刘德华、邓丽君他们吧？《甜蜜蜜》就是邓超和孙俪演的男女主角。"

小智："噢噢，原来如此！我一直觉得演《甜蜜蜜》的孙俪蛮漂亮的。"随即，小智对前台的售票员说道："来两张《甜蜜蜜》的票，不，是《分手大师》，多少钱？"

售票员回道："好的，那就最近场次的，两张，一共五十块，还需要其他的吗？"

"五……五十，这么贵的吗？"小智一边小声嘟囔，一边回头看玲儿。

玲儿说："差不多吧，这不算贵，要是在D市，应该更贵。"

小智吞了吞口水，从裤袋里掏出一叠皱巴巴的现金来，将其中面值最大的五十元递给了售票员。

据说，那是小智第一次到电影院看电影。

# 第02章　醉酒事件

一个阳光明媚的下午，小智在宿舍设计着科协的工作证。这时，手机突然响起，是科协办公室主任小艺的电话。

小智接通手机，只听到电话那头的小艺说："玲儿在办公室喝洋酒喝醉了，你要不要过来看一看？"

起初，小智并没怎么在意，因为他觉得玲儿那么文静的一个女孩子，怎么可能喝酒，还喝醉了，肯定是开玩笑的，便只回了句："我现在忙着呢，暂时没空！"

小艺察觉到小智不太相信，就将手机放在玲儿耳边，对玲儿说："小智让你接电话。"玲儿带着醉醺醺的语气说道："嘿嘿，我没醉，别听他们乱说。"小智又听到小艺的声音："是吧！她真醉了，如果你还不相信的话可以过来办公室看看啊！"

正值酷暑，小智在去办公室的路上买了大半个西瓜，打算带给大家解渴。等小智到办公室的时候，玲儿已经趴在桌子上睡着了。不一会儿玲儿就吐了，呕吐出来的气味很是难闻，而且断断续续地吐了五六次，只有小智在默默地收拾着。

刚洗完拖把，小智准备坐下休息会儿，但看到一旁的玲儿，觉得这样睡在办公室可不行，很容易感冒，便催促小艺联系上玲儿的室友，让她们来办公室接玲儿回宿舍。

就在这时，小智的右手食指突然被玲儿抓住，并听到她迷迷糊糊地说道："我好难受啊，以后再也不喝酒了！"

小智听罢只是冷冷地笑了一声，因为在他的观念里是接受不了女孩子喝酒的，不过他马上又说道："知错能改，善莫大焉。"

小艺看到玲儿处于半醉半醒的状态，趁机问道："那你喜欢小智吗？"

"我也不知道，可能有点喜欢吧！"玲儿迷迷糊糊地说道。

"那你觉得他是个怎样的人呢？"小艺继续问道。就在这一瞬间，小智虽然在旁边装作若无其事的样子，但却集中起所有的精神，竖起耳朵，紧张地等待玲儿的答案。

"傻傻的。"玲儿迷糊地笑着说道。小智听后，一种无法用言语表达的感觉直涌心头。

不一会儿，玲儿的两个室友就来接她回去了。看着玲儿的背影，小智的眼神里似乎流露着一丝不舍。

晚上十点左右，小智发消息给玲儿："你醒了吗？"

玲儿刚好拿起手机，看到消息后回道："刚刚醒，我都听说了，我醉了的时候是你一直在照顾我，唉，好丢脸啊！"

小智说出了自己的疑惑："其实我搞不懂你为什么喝酒，还喝醉了，我都不喝酒的！"玲儿没说话，小智又关切地问道："你吐了那么多，又没吃晚饭，现在应该饿了吧？"

玲儿说："还好，不是很饿，只是头有点晕。"

小智说："你又没吃东西，肯定饿了，不用脑袋想也能想到，所以，有想吃什么吗？"

玲儿说："其实，我……我有点想吃烧烤。"

小智说："烧烤？我记得我们阳光公寓这边有几个烧烤店，我现在去看一下有没有吧！"说完，小智立马奔赴烧烤店。对于小智来说，这是开天辟地第一次对别人这么积极，不知道是什么力量，让小智花钱都花得这么爽快。

不一会儿，玲儿就接到了小智送来烧烤的信息，可是时候不早了，女生宿舍早已禁止出入，两人只好隔着铁门相望。徐徐吹来的清风配合上玲儿在月光下苗条的身姿，这一幕，小智觉得有些似曾相识。玲儿的一句"谢谢你"打破了画面的平静，小智一边说"客气了"，一边将烧烤通过铁门的空隙递给玲儿。

在小智转身回宿舍的时候，玲儿叫住小智道："你是不是很不喜欢喝酒的女生呀？"

小智不假思索地说道："当然。"

玲儿继续说道："其实，我也不喜欢喝酒，只是今天那个洋酒的确挺好喝的，我就喝了半杯，但后劲太大……"

　　小智只是冷冷地回了一个"哦"字，便转身走了。玲儿隐约感觉到这个背影的面部正上扬着一丝微笑。

# 第03章　情定中南

　　转眼就来到了暑假，学生们纷纷离开校园去开启新的生活，而科协成员要趁这个假期到兄弟院校科协及相关企业学习交流，这次目的地定在了长沙的麓谷产业园和中南大学。

　　出发前一天，玲儿宿舍停电，便只好在小艺宿舍留宿。这天正好是银色情人节，小艺发消息给小智："今天也是情人节，你有送玲儿什么吗？"小智不解地回道："这还要送什么东西吗？我们又不是那什么关系，即便是，按你这样说，岂不是每天都是情人节，每天都要送东西了？"虽然嘴上这样说，小智还是做了一个名为《玲小姐》的视频，并将视频发到了小艺的电脑上。滑稽的是，玲儿看了《玲小姐》后没有任何感觉，反而是小艺感动得哭了。

次日下午，科协一行人去拜访中南大学，路上下起了蒙蒙细雨，玲儿穿着高跟鞋，在跨过一个水坑的时候崴了一下，走起来就有点慢，只剩下小智和玲儿走在最后面。在路过一个很陡的阶梯的时候，小智跨下来都觉得有点难度，玲儿就更不用说了，小智只好伸出善意的手去扶她，哪知道这一"扶"，两人就没有放开手，一直牵到了中南大学的大门口才放开。

他俩的关系早就被小艺和赛事推广部的小江看在眼里。他们认为这两个人迟早会走到一起，只需要加一点催化剂，而择日不如撞日，在回H大学的那一天，小江就充当起了催化剂。

小江和小智说这件事情的时候，小智很懵懂地说道："我无所谓啊，不过这也太快了吧，也不知道她同不同意。"

在一旁的科协副主席李子姐给了小智一颗定心丸："我知道玲儿的心思，她会同意的。"

小江补充道："其他的事我和小艺会安排好，鲜花、蜡烛我们帮你去买，你只要想好到时候说些什么，别到时候紧张得一句话都说不出，那就尴尬了。"

小智拿了一百块钱委托小江去买花后就独自回宿舍了，小智很是平静，只是觉得：为什么要和其他人一样呢？为什么要搞这些仪式性的东西呢？唉，不管了，到时候兵来将挡水来土掩吧！

晚上，小江和科协其他成员协助小智布置好简易场地，当时有些风，大家就用身体铸成"围墙"保护蜡烛不被风吹灭。等风不再那么狂妄后，小艺如约将玲儿"骗"了过来。玲儿看到现场后表现得很淡定，没有一丝惊讶的感觉。

大伙儿看到小智半天不说话，地上的蜡烛都快烧完了，在旁边急得不得了。沉默了好一会儿后，小智终于开始说话了："其实我……我……我也不知道说什么，我是一个普通人，也是一个有思想的人，我觉得你还不错，要不然我们就在一起吧！"

说完，小智将花递上前。就在这时，不知是谁从后面踹了小智一脚，小智正准备回头看，却被紧接着来的一脚踹得单膝跪了下去。

这时玲儿开口说道："感觉你待我挺真诚的，这些日子以来多亏了你的帮忙，既然你这么说了，那就试试吧！"说完就接受了鲜花。

看到此情此景，科协成员纷纷送上了祝福。科协主席胜哥也说了祝福语，只是加了一句："既然在一起了，那就不能只是试试，就应该用心地去对待。"玲儿点了点头表示同意。

随后，小智请大家一起吃了个晚饭。这么好的一件事，只吃饭不喝酒肯定是不行的，一瓶啤酒下肚，小智满脸通红，大家只能作罢，不再为难他。

第二天天还没亮，小智就感到酒精过敏太严重，不得不寻找诊所打点滴，可是诊所也没有这么早开门的。玲儿闻讯赶了过来，陪着小智一起找诊所，小智一边忍着过敏的疼痛，一边还不忘和玲儿寒暄几句："好久没有这么早起了，以前早起是因为去学校要走好几里路。没想到，早上的空气还是一如既往的好！"玲儿陪着小智打完点滴后，就回宿舍整理衣服了，因为晚上还要赶火车去D市。

　　小智将玲儿送到火车站后，买了陪护票将她送到
火车上，直到火车快开动了才缓缓离开。玲儿看出
了这个认识并没有多久的男孩子似乎对她的离开很是
不舍。

# 第04章 会徽诞生

· · · ·　　· · · ·

　　这个暑假余下的日子过得也不算太慢，玲儿是在电影院卖票中度过的，小智则是和以往一样，在做铝合金窗户中度过。回到学校，科协开始招新，对于这个刚成立的组织来说，招新是一件很有挑战的事情。为此，各部长在招新的时候抱团跳起了当时极火的舞蹈——《小苹果》。

　　忙碌之余，小智为提高团队的趣味性及团队成员的积极性，结合各成员的性格创建了蝌蚪排行榜，里面有逗仙、逗神、逗圣、逗霸等。在首届蝌蚪排行榜中，小智和玲儿均未入选，但排行榜中有两个神秘人物为大家留下了悬念。

在一次招新宣传的时候，小智在食堂一角发现两个穿着军训服的女生好像在等什么人，就顺便将招新宣传单给了她们一份。她们看后对小智说道："到时候，我们一定去。"后来，她俩都成了科协的新成员，其中一个长得比较水灵的姑娘叫荀沁。

招新工作已经告一段落，但目前科协还有一件较为重要的事情：会徽的设计。为此，科协举办了一场全校性的会徽征集大赛，尽管主管老师很希望小智能参加进来，但由于刚开学，小智在班上的工作也不少，就没有去过多考虑会徽大赛的事情。

会徽征集结束，主管老师虽然也被一些作品的创意所吸引，但觉得没有哪一个作品能够做科协会徽。于是主管老师几次找到小智，想让他来设计这个会徽，小智不太好拒绝，但完全没什么头绪，导致压力很大。

玲儿看出了小智的焦虑，就陪着小智到石马公园散心。果然，在大自然里转一圈，小智的心情好了很多。回学校路过校门口的时候，玲儿感叹道："我们学校最有特色的建筑可能就是校门了！"

小智抬头看着校门，似乎想到了什么。原来经过玲儿这一点拨，小智立马在脑海中形成了会徽的雏形：科协，自然就离不开科技蓝、稻穗、工业齿轮等元素，加上当地最具特色的两颗星，以及校门的轮廓……这就是会徽最终的模样了。

小智回到宿舍，立马将想法通过电脑绘制了出来。实际上，小智很怕被主管老师骂，毕竟他设计的是会徽，而且是要一直流传下去的。主管老师拿到会徽图样后，觉得还不错，就请上级领导定夺。让小智没有想到的是，领导竟然看上了小智设计的这个作品，并且没有经过任何改动就直接作为最终的一等奖，也就是会徽。为此，还有个老师调侃道："这是玲儿教得好啊！"

之后，网络宣传部和办公室经常联谊。小智和本部门干事的关系也非常好，经常和他们一起聚餐，还带他们到武侠饭庄感受小说世界里武侠的豪情。值得一提的是，网络宣传部是科协唯一有自己部门服装的部门。

　　小智不希望自己部门的成员只会做网络宣传，想让他们在科协多学点东西，全面发展，所以科协首届网络宣传部不只是搞网络宣传，还负责各式各样的特色活动，如：举办海洋知识竞赛、联谊演讲比赛、篝火晚会、名师讲坛等。

　　由于各项工作都开展得不错，创业实践部部长小蔡专门邀请网络宣传部全体成员共进晚餐，促进两个部门之间的交流。让小智没想到的是，这为网络宣传部干事们的发展铺垫了道路。后来，道子接任了网络宣传部部长、小晔接任了网络宣传部副部长、大鹏接任了办公室主任。

## 第05章　环保绮梦

　　一日大清早，小智和玲儿坐上大巴去湄江风景区游玩。可能是时候选得不对，到湄江的时候，烈日当空，晒得两人汗流浃背。走了一上午，都没发现什么好玩的地方，只得沿江散散步，一路见到的涯啊、洞啊、湖啊，两人也都见过类似的，就有了回去的打算。

　　这时玲儿说道："我本来是想陪你出来散散心的，但天这么热，不仅没什么收获，还累着了，唉！"

　　小智摇摇头说："其实我是有点收获的，感慨万千啊！"

　　"哦？是什么呀？"玲儿疑惑地问道。

"你真的想听吗？"小智淡淡一笑。

"当然了，你说吧！"玲儿锲而不舍地追问道。

小智："在我很小的时候，我们家没有摇井，就是无法用到地下水，也没有自来水，喝的是家旁边池塘里面的水，我记得那个时候还有很多人到池塘里游泳。"

"那很好啊，有这么好的环境，我就想过这样的生活！"玲儿打断说道。

"是啊，我也很喜欢那样的生活。可是现在呢？池塘成了一潭潭死水，又黑又臭！我刚刚看到湄江的山很好看，江水也是那么清澈，所以好生羡慕！"小智补充道。

"是啊，一些企业只管发展去了，环境就被破坏了。"玲儿说道。

小智："上小学时，我们就学过'保护环境，人人有责'，可是有几个人真正做到了保护环境呢？我觉得人的一辈子不能只是赚钱，应该做些对社会、对子孙后代有用的事情。我是在高中复读的那一年开始关注这类型问题的，但是空有一腔热血，也不知道能做点什么，本来上大学想报考环境保护相关专业，可是没找到！而且现在大部分人都觉得环保是个低端的行业……"

玲儿说："怎么会呢？那在你看来环保可以分为哪些方面呀？你可以找准一个方向自己去钻研的。"

"比起'环保'二字，其实我更喜欢用'生态环保'这个词。它包罗万象，比如空气、水、土壤、声音、光、磁、抗生素、核、气候、自然资源、生物多样性……只要和我们生活的这个环境有关的，就都属于生态环保要研究的内容范畴。重要的是，其中任何一项出了问题，对于人类来说都是很危险的！"小智一本正经地说道。

"空气、水、土壤、声音、光线、磁、抗生素、核等资源与我们人类息息相关，我能明白，可是气候变化和生物多样性似乎离我们有点远吧？"玲儿好奇地问道。

小智说："是的，看起来有点远，但近年来你是不是感觉夏天越来越热了啊？"

玲儿说："对哦，你这么一说好像还真是这样的！"

"其中有部分原因是人类活动而导致的全球变暖，两极冰川融化，陆地面积减少，反正科学家是这样说的，我没有研究过，但我觉得他们肯定有一定的权威性。另外关于生物多样性，其中一个很明显的行动就是保护野生动物。我很担心，如果大家继续破坏环境，人类遭殃的方面会更多。"

玲儿疑惑地问道："现在科技越来越发达了，怎么会遭殃得更多呢？"

"正因为科技越来越发达了，交通更便利，人口流动更活跃，这就造成灾害的传播速度越来越快，不一定能控制得住……"小智忧心地说道。

"你说得对，你现在不就做了好多关于环境保护的活动吗？你应该坚持你认为对的事情，然后一步步去做。"玲儿说道。

"谢谢你的理解，我相信凭借无数人的共同努力，绿水、青山、蓝天、白云将成为我们生活的常态。"小智激情昂扬地说道。

这次湄江之行，玲儿发现小智有着一颗赤子之心。

# 第06章　浪漫故事

⬤ ⬤ ⬤ ⬤ ⬤　　⬤ ⬤ ⬤ ⬤

　　小智察觉到近段时间玲儿似乎有什么心事，时常闷闷不乐的，便对玲儿说道："我们找个时间出去玩玩吧，你有没有想去的地方？"

　　玲儿说："我都可以啊，我想感受不同的民俗文化，你呢？"

　　小智说："我也都可以，但我最想去的是北京。"

　　玲儿问："为什么呀？"

　　小智憧憬地说道："那是我们的首都，我想去看看故宫，看看天安门，看看清华、北大，还有人民英雄纪念碑。但是去趟北京应该要花很多钱，我在这次参加的那场比赛中获奖了，但奖金不足以去北京，要不然这次我们先去凤凰古城吧！"

玲儿说："难怪你这么开心，想去凤凰古城是因为你喜欢凤凰，这种传说中的动物吗？"

小智说："是的，我很喜欢凤凰，虽然它仅存在于传说中……去凤凰古城应该能感受到苗族的风情，那里也是沈从文先生笔下翠翠的故乡。"

玲儿说："好呀，我正好也想去，我有很多同学在那边拍的照片都好好看。"

"那就这么定了。对了，听说今天晚上小永会在匠成楼下给偲偲准备惊喜，一起去看看吧？"小智说道。

玲儿疑惑道："你这是哪来的小道消息，我怎么不知道呀！"

两人走到匠成楼下，只见小永将偲偲抱进早已点燃的心形蜡烛圈内，然后开始向偲偲诉说甜言蜜语。玲儿顿时觉得偲偲好幸福，脸上也露出了为他们感到幸福的笑容，又回头看着旁边的小智，心想："小智会不会有一天也这样浪漫呢？"

突然，小永和偲偲一边退出心形蜡烛圈一边对周围的人说道："其实我们并不是今天的主角，今天的主角另有他人！"众人一片哗然，偲偲接着说道："下面有请我们今天的主角登场。"

玲儿也很好奇今天的主角是谁，正左顾右盼地等待着主角出现，说时迟那时快，小智一个公主抱将玲儿抱了起来，直至走到心形圈内才将玲儿放下。这时，小智从口袋里拿出一条黑色的围巾，对玲儿说道："在遇见你之前，我是很迷茫的，城市里的东西我见得少，如果要用一种颜色来代表迷茫，我觉得是黑色，就像这条围巾一样，但是遇到了你之后……"紧接着，小智用力将围巾一甩，围巾马上变成了彩色的，小智继续说："就不再那么迷茫，生活变成五颜六色的了。"顿时，周围响起了热烈的掌声和尖叫声。

接着，小智又拿起放在一旁的吉他，道子及其同学也拿起了自己的吉他，并坐在小智的身后。吉他声响，小智深情地唱起了《女朋友要带回家》：

女朋友要带回家
给妈妈看看漂不漂亮啊

别害怕妈妈只是爱交朋友

你就当让她回忆当初青春的年华

而男朋友也带回家

给爸爸看看可不可靠啊

吃顿饭聊聊天也不错啊

你就当是上了一堂人生的教育课吧

……

 

小智本来就不会弹吉他，刚学的一点前奏在如此场合下已经忘得一干二净，但是深情的歌唱以及两位朋友的吉他伴奏将气氛烘托得很到位。那晚，歌声、吉他声、有节奏的掌声响彻了校园。

活动结束后，玲儿对小智说道："我一直是个慢热的人，也是个很难被感动的人，但这一次，我真的有被感动到，谢谢你！"小智听后，感觉比吃了蜂蜜还甜。

一周后，小智和玲儿来到凤凰古城，因天色不早了，两人准备先入住到当地的旅馆，次日再游玩凤凰古城。小智买了些提子，玲儿让小智将提子清洗一下。小智很快将提子清洗好拿给玲儿吃。吃第一颗时，玲儿没察觉到什么，当吃到第二颗时，玲儿发现提子有点奇怪的味道，便问小智："你是用什么洗的提子？"

小智一边吃提子一边漫不经心地回道："用水龙头里的自来水。"

玲儿说："我知道，我是问用什么装着洗的，是用买提子时附带的袋子装着洗的吗？"

小智说："不是，是用旅馆里的瓷盆。"

玲儿有一种不好的预感，继续问道："瓷盆？哪里有瓷盆？"

随即，小智带玲儿来到洗漱台，并指了指洗漱的池子。玲儿一看，瞬间不悦道："你怎么能直接放到这里面洗呢？这里不知道被多少人用过，还刷牙吐过口水。"

小智一本正经地说道："我洗提子之前洗过池子了的。"

玲儿无奈地说道："洗过了也没用啊，你难道没吃出来一股什么味道吗？"

小智又拿起一颗提子往嘴里送，说道："好像有股洗发水的味道。"

玲儿说："是吧！小心中毒，快别吃了。洗漱后去休息吧！"

第二天一早，两人便开始逛凤凰古城，玲儿穿着苗族服饰，似乎比翠翠更加漂亮。凤凰古城的溪水潺潺，勾起两人的好玩之心。两人脱下鞋子从溪水的这侧走到那侧，又从那侧走到这侧，水冰凉，却乐哉。在这一刻，他们好像看到了彼此童年时期那个天真烂漫的模样。

这是两人第一次出远门旅游，很惬意，很浪漫，但也避免不了产生些许矛盾，不过总的来说，高兴、快乐的时光比怄气、冷战的时光多得多。

# 第07章　公益创客

· · · · ·　· · · ·

　　回到H大学后，小智当上了班长，他组建的公益团队也形成了一定的规模，于是小智索性成立了自己的公益工作室，玲儿和荀沁自然而然地成了团队初期的得力干将。

　　小智成立工作室主要是想通过引进优秀资源，丰富和繁荣校园文化，帮助广大同学树立远大的人生理想，提高大学生综合素质，打造小型人才库。小智的团队里分环保、禁毒、爱老等多个专项，都做得很不错。如：有一个专项是做禁毒公益的，小智因此幸运地成了"向毒品说不"全国十个优秀志愿者之一，还在钟老师的带领下参与了某著名脱口秀节目禁毒专辑的录制，听着禁毒大使的励志故事，小智感受到了缉毒警察的不容易。

勤助部部长芝姐知道小智成立了自己的公益工作室后，便推荐小智参加L市创客空间的路演。在这次路演中，小智的项目被组委会看上了。也正是因为这次路演，小智的工作室项目得到了L市新闻网、环球网等媒体的报道。临近暑假的时候，小智的工作室接到了晨星梦想大赛全球总决赛30强路演邀请。玲儿得知消息后对小智说道："恭喜啊，你会去的吧，你不是一直想去北京吗？"

小智说："我肯定想去，你会和我一起去吗？"

玲儿说："到北京要花不少钱，组委会那边给你报销吃住费用吗？"

小智说："有几百块钱……"

玲儿说："那……要不然下次吧，这次你先熟悉地方，下次再带我过去，况且我也答应了我哥，暑假去电影院里帮忙。"

就这样，小智独自踏上了去北京的路，那几天他无比激动，脑子里回响的都是《北京欢迎你》这首歌。

到了北京，小智去的第一个地方不是青年旅舍，而是天安门广场。摸着天安门的城墙，小智百感交集，回头时望见了庄严矗立的人民英雄纪念碑，小智盯着纪念碑许久，泪花一直在眼睛里打转。从故宫出来后，他又去了圆明园，在西洋楼遗址前站了将近半个小时，这是他第一次如此真实地感受到历史书上的事件，眼泪控制不住地往外流。之后，他向代表着国家光明前途的另一边——清华、北大走去。逛完清华、北大校园后，小智似乎顿悟了许多：少年强，则国强。

第二天，在晨星梦想大赛全球总决赛赛场上，他发现同来参加比赛的团队中有包括北大在内的很多名牌大学学生团队、著名的中关村创业团队等。那天，他还听到了零点研究咨询集团袁岳、奥运冠军莫慧兰、著名影视演员张大礼的分享。虽然小智最后的成绩不太理想，是第二十名，但这对于普通话都说不太标准的他来说已经是很不错了。

玲儿得知小智获得了第二十名很是高兴，并问小智去北京的感受如何。

　　小智回答道："值得！并且我定下了一个目标：以后每年都要来一次北京。"

　　玲儿问道："每年？北京就这么好吗？"

　　小智说："反正我觉得很好，这里是我们国家的文化中心、政治中心，如果有机会，我还想以后在北京工作呢！"

　　玲儿说："那下次也带我去看看。"

# 第08章　走南闯北

● ● ● ●　　● ● ● ●

转眼就进入了大三，小智和玲儿在科协的任期已满，双双选择了离开。这学期，小智担任了新生班的代理班主任，陪伴玲儿的时间有所减少，小智隐约感觉到了玲儿的不悦，便趁着到江城武汉参加比赛的机会带玲儿去旅游。

两人都是第一次到武汉，于是带着好奇心把黄鹤楼、户部巷、省博物馆、楚河汉街、东湖等著名景点一口气逛完了。值得一提的是，在户部巷的时候，有个"孙悟空"叫他俩过去合照，玲儿认为这是骗人的不太想过去，但小智却自信地说道："武汉这种大城市怎么会有骗人的行为呢！放心吧！"于是，两人就和"孙悟空"一起拍了张照片，结果两人果然被骗了二十元，原来他们与行人合影是要收费的。

在东湖的时候，两人被这湖光美景吸引住了，一点都不想回去，小智说："我有很强烈的预感，我还会再来的，而且不止一次，甚至近期都可能会再来一次。"

果然，没过多久，小智接到了全国大学生校友创新创业大赛的通知，比赛地点就在武汉，但这次小智是一个人去的。可能是因为连夜坐火车硬座赶到比赛地点，总决赛当天小智感冒得很严重，影响了比赛发挥，就只获得了一个三等奖。

小智在做工作室品牌公益的同时，也会承接一些企业投放在校园的公益活动，比如百科词条编辑大赛、十年后梦想合伙人、云计算进校园等，每次活动都开展得有声有色，为学校师生提供了大量的资源。正因为如此，加入工作室的伙伴也越来越多了。

不久，两人接到共青团中央宣传部、共青团浙江省委、金华市人民政府、中国青少年新媒体协会共同举办的"万众创新·赢在金华"大学生互联网创新创业之星培育扶持项目决赛的通知。组委会不仅包吃包住包交通,还组织参赛选手到浙江知名企业参观。小智和玲儿一拍即合,都想去见见世面。

　　小智到自己学院请假的时候,学工办的老师再三确认是不是真的有此事,很怕学生被骗入传销组织。因为临近期末考试,玲儿为了请假的事情纠结了很久,最终还是硬着头皮去请假。一开始,玲儿以为学院的领导可能不会批准这次请假,但当玲儿去请假时,连学院的书记都对她刮目相看。

　　到了金华后,两人认识了很多在国家"大众创业、万众创新"政策支持下的创客朋友。同时,主办方组织参赛者参观了菜鸟网络、北大科技园、赛伯乐投资、IBM、猪八戒等浙江知名公司,大家受益良多。除此之外,小智意外获得了万通控股董事长冯仑博士小型见面会的门票,与冯仑博士交流了"双创"相关问题,并拍了合影照。

　　因为活动结束后时间还很充足,小智和玲儿就去了附近的横店,但横店的通票对他们来说太贵了,于是他俩就只买了其中的"清明上河图"的门票。在"清明上河图"里，小智和玲儿穿着宋朝的衣服，还碰到了《惊天岳雷》剧组在拍戏。小智在决斗场拿起一杆长枪，很快就"梦回宋朝"，好不快哉！

这时一个年轻的演员走过来主动向小智打招呼，小智早有耳闻"横漂"的不容易，便很礼貌地回应了他。

玲儿从小智身后走过来，好奇地问道："他是谁呀？"

小智说："不知道啊！"

玲儿惊讶地说道："你和他打招呼就像是和熟人打招呼一样，竟然不认识！"这一幕让玲儿哭笑不得。

逛完横店后，两人乘坐大巴来到了义乌，因为相传这里是"小商品的海洋，购物者的天堂"，他们本想带些便宜的义乌特产回去，但可能是找的地方不对，导致一无所获。

这次的旅行就此告一段落，第二天一大早，两人便回到了H大学。

# 第09章　祸不单行

●●●●●　　●●●●●

　　大年初一，玲儿在去二叔家拜年的路上接到了小智的电话，小智说自己刚刚掉到了臭水池子里。

　　玲儿惊讶道："啊？怎么回事啊，大年初一就掉到臭水池里了？"

　　小智不急不慢地回道："刚刚我在楼上看电视，突然听到楼下有人在吵闹，就赶了下去，结果发现我妹妹和小堂弟在玩火，还把一处枯草丛烧了起来，我爸看到后马上就提水灭火，我和大堂弟卓卓看到后也赶紧帮忙灭火。"

　　玲儿说："他们居然放火，多危险啊，然后呢？"

小智说："当我提到第三桶水的时候，一不小心踩空了，掉进了提水的那个臭水池里，当时穿的羽绒服将水吸得满满的，很是笨重，我就只好一点一点地挪到岸边。"

"幸好没事！"玲儿哭笑不得地问道，"那洗澡了吗？"

小智回答道："我爬上岸后马上脱掉湿衣服准备去洗澡，衣服脱到一半的时候卓卓跑了过来，他居然也在提水的时候不小心掉落到池子里去了。"

玲儿笑着说："兄弟就是兄弟啊！这大冷天的，有难同当啊！"

小智说："我就只好找了一套衣服给卓卓，让他先洗。不过这天是真冷，我一个人在浴室外面冷得瑟瑟发抖，硬是声都作不了啊。"

玲儿说："乖，人没事就好了。"

在小智去上学之前，小智的母亲彩云还特意嘱咐他说："出去后要好好照顾自己，大年初一就掉进臭水池里，预兆不是太好，在外面一定要多加注意。"这是大三下学期了，小智的父亲将大四的学费和两千块钱生活费一起给了小智。

大三下学期，玲儿要准备剑桥商务英语考试，就和小智在校门口租了个房子。入住之后，玲儿就开启学霸模式，几乎每天都学习到很晚才睡。有一天凌晨四五点钟的时候，小智被玲儿叫醒，玲儿惊慌地说道："门怎么开了！"直觉告诉小智：进贼了！好在没贵重物品，只是两人的手机未能幸免。

经过此事，小智和玲儿都回到各自的宿舍待了一天。当准备回出租房的时候，小智收到一条来自B公司校园大使主管的信息，内容是向小智借50块钱。小智没多想就转给了他。不一会儿，那个主管发来一条信息说："刚刚账号被盗了，千万不要信。"

多说无益，小智赶紧去网上查询了处理此类事件的客服的联系方式并拨通，一听就知道对方是个很有经验的客服。小智找回钱心切，就按客服的要求提供了一系列信息。之后，客服要小智去ATM机上操作，说这样丢失的钱就能直接回到绑定的银行卡里了。在小智去ATM机的途中，客服说自己进行了一个操作，系统发了一个验证码到小智的手机上，要小智二十秒内报给他，否则会失效。当时小智在赶路，都没点开短信仔细看，就直接将验证码念给了客服听。殊不知，那是一条可以转走五千元的验证码。

到了ATM机旁，小智按客服说的操作，在一个页面上输入了两遍自己的手机号码，钱就全部被转走了，等到小智发现时已经晚了。随即，小智报了警，也告诉了玲儿，玲儿急忙赶来，此时的天空下起了倾盆大雨，小智多么希望这一切只是在做梦。

两天后，小智的情绪逐渐稳定下来，经过再三思考，还是将这件事情告诉了母亲，母亲虽然很心疼，但还是尽量安慰着小智，只道："钱没了就没了，只要人没事就好，吃这样一个亏，下次就不会被骗了。"后来，小智听母亲说，父亲新仁知道后，在很长一段日子里都没怎么说话，人就像傻了一样，有时还一个人偷偷地流泪。毕竟这一万块钱，是父亲起早贪黑地工作了不知道多少个日夜才赚来的。

# 第10章　爱心雨伞

出了这么多事情，小智和玲儿搬出了出租房。另一边，小智工作室成员的能力越来越强，小智将大部分工作都交给了他们，自己除了班长、大研会副理事长和工作室负责人这三个职务外，其他的职务都一一辞去了。

一天，小智送玲儿到教室上课后回到宿舍研究国外公益案例。大约一个半小时后，玲儿发信息过来："下大雨了，你可以送两把伞过来吗？"小智看到短信后感到特别不可思议，因为刚刚送玲儿去教室的时候还是晴空万里。经过这件事，小智意识到 L 市春夏季节的天气总是说变就变：刚刚还是蓝天白云、风和日丽，不一会儿就可能是倾盆大雨了，而且这种情况经常发生。这给生活在 L 市的人们带来了很大的不便，H 大学的师生也经常受到大雨的围困。

这时小智想起共享单车的案例，马上就冒出一条新思路——雨伞是不是也可以做共享呢？在学校里做公益的共享雨伞，是否能够更好地为师生服务呢？

为了让全校师生免受雨天的困扰，小智决定以工作室的名义牵头在学校开展一个共享爱心雨伞的活动，此想法得到了学院党支部的支持。万事俱备只欠东风，当小智和玲儿在发愁免费的雨伞从何而来的时候，U 公司校园大使湘赣鄂冀大区见面会准备在长沙召开，两人决定参会，并以此为契机争取一批免费雨伞。

在见面会上，小智表示自己是大三上学期遇见的这个团队，也接触大半年了，对团队的感受可以概括为四个字：相见恨晚！自己很认同团队的理念——给得再多，不如懂我，并衷心祝愿这个团队越来越好。

经过小智的极力争取，U公司答应给小智一批免费的雨伞。

既然到了长沙，玲儿猜到小智下一个要去的地方肯定是橘子洲。到了橘子洲，看到壮阔的湘江和宏伟的橘子洲，小智情不自禁地吟起毛主席的诗："独立寒秋，湘江北去，橘子洲头。看万山红遍，层林尽染……"

玲儿看到此情此景，说道："你果真是个有历史情结的人，在橘子洲头，即便是什么也不干，就单坐在这儿，你也能坐个大半天吧。"

小智说："你越来越懂我了！"

傍晚时分，玲儿提醒小智该回去了。在回去的路上，玲儿问小智："终于看到了心心念念的橘子洲，有何感想？"

小智一本正经地说道："时间太紧了，还没深入体会到毛主席当年的雄心壮志，下次一定还要再来体会个够。我还听说橘子洲头放烟花时特别好看，希望下次来的时候能看到。"

玲儿高兴地说："一定要的，下次我们还一起来！"

　　回到H大学后，小智和玲儿就开始着手爱心雨伞的事情。为了让更多的师生知道爱心雨伞能为大家提供便捷，小智联合了学校的爱心社、养正笃行班、远航雏鹰班、时政会等团队一起来开展这项活动。为此，小智还特意举行了一场启动仪式和一场诚信签名活动。在启动仪式上，各主办方、承办方、联合承办方负责人依次进行发言，并对活动寄予美好希望。诚信签名活动更是热闹非凡，学校很多师生都非常支持这项活动，还有好多老师通知自己的学生参加爱心雨伞诚信签名活动，为爱心雨伞的诚信借还奠定了一定的基础。

　　U公司提供的这批雨伞的质量非常好，而且伞大到可以同时为三个人挡雨。第一批伞放到了学校主楼和图书馆大厅，借伞的师生都很自觉地在借伞登记本上登记。天时、地利、人和使爱心雨伞活动开展得非常成功，以至于其他高校纷纷来学习爱心伞活动的运营模式。

　　学院党支部的刘书记赞扬道："我们学校的爱心

雨伞项目组免费为大家提供爱心雨伞，他们的爱心，将通过一把把雨伞传递到大家的心里，让我们感受到不一样的温暖！"

# 第11章　十里画廊

马上要进入大四，玲儿被安排到D市的一家五金公司做网络SEO。在这次分别之前，玲儿和小智达成共识——来一次说走就走的旅行。

他们将旅行地点选在了"山水甲天下"的桂林，这次他们在旅行的途中非常和谐，没有像以往那样冷战和争吵。或许是担心毕业后两人那不确定的未来吧，所以都倍加珍惜这美好的时光。

阳朔的西街热闹非凡，两人走走停停、玩玩闹闹，让旁人好生羡慕。在玲儿的督促下，小智的拍照技术得到了飞速提升。

小智知道玲儿喜欢吃杧果，走累了，便带玲儿进到一家杧果饮品专卖店。玲儿看到杧果饮品都比较贵，连忙对小智说："这么贵，要不算了吧，你去买瓶矿泉水就好了。"

小智听到后，笑了笑，然后对店里的服务员说："你好，请问哪个杧果最多，哪个最多我们就要哪个！"

不一会儿，店员就将一大杯杧果饮品端了过来，并对玲儿说道："你们可以将杧果杯上面的纸条取下来，写些文字在上面，然后贴到我们的'手工微博'墙上。"

玲儿说："哇，谢谢！这店里的氛围很好，而且你们的这面墙好有创意啊！"两人在店里吃起了杧果杯，并在"手工微博"墙上贴起了祝福语。

次日，两人来到十里画廊。小智感叹道："这就是传说中的十里画廊啊，我只在小学的课本里见过，今天是第一次来！就像我第一次到圆明园一样，写在书里的风景和故事突然很真实地出现在眼前，那种感觉我不知道应该怎么形容。你懂吗？"

玲儿说："怎能不懂？我也不知道那种感觉应该怎么用语言表达出来。我小学也学过那篇课文，《桂林山水甲天下》嘛。我老家那边有个崀山，当地人称'崀山风景赛桂林'。"

小智说："还有这样的句子呢？还能赛桂林，我怎么一点都不信呢！"

玲儿说："是真的，而且这还是著名文学家艾青说的！"

小智摸摸头不好意思地说："好吧，那有机会一定要去瞧瞧。"

玲儿说："有机会带你去，不过今天这么热，难道我们又要走路逛景区吗？"

小智看到马路边有共享单车，便对玲儿说道："我们骑共享单车吧！"

玲儿给他一个白眼："但共享单车坐不了两个人啊！"玲儿看到前方有出租两人单车的，便指着前方说道："要不然我们租一辆这种单车吧，这样就可以骑同一辆了。"小智点了点头表示同意。

骑了一会儿，小智觉得好累，原来玲儿偷懒，根本没有踩单车，小智便故意说道："不对啊，我们两个人踩单车应该是很轻松的，怎么我觉得越来越累呢？"玲儿哈哈大笑，然后默默地踩起了单车。

舒适的天气，徐徐吹来的微风，加上如诗一般的十里画廊，虽是两人，一单车，却也玩得不亦乐乎。游玩了十里画廊后，小智提议去二十元人民币背景图的取景地看看，当两人走到码头时，发现去那个景点游玩还要搭船，且船票并不便宜，就放弃了。

这段旅途，在十里画廊骑单车的情景成了他俩心中一段难忘的回忆。

## 第12章　带你回家

期末考试后，玲儿想先回一趟老家再去D市实习，正好玲儿的表哥政哥路过L市，就带着小智和玲儿一起回到家乡S市。

到了S市后，小智买了一些水果去拜访玲儿的奶奶、外婆和舅舅。这些亲戚都很好奇玲儿带回来的这个男孩是谁，玲儿和政哥早就统一口径：小智是与政哥玩得好的朋友，而不是玲儿男朋友。但这一切都没能瞒得过奶奶和外婆，奶奶还打电话问玲儿的爸爸要不要给小智红包。

次日，政哥带着小智等一行四人到崀山游玩，在山顶休息的时候，玲儿问小智："除了做环保，你有过其他梦想吗？"

小智说："我小时候一直想当宇航员，去探索宇宙。你呢？"

玲儿说："我只想开个自己的小店，无忧无虑地生活！你刚刚说的是小时候的目标，你不是说你在十九岁的时候写下过'三十岁之前要完成的三十个愿望'吗？"

小智不好意思地说道："那个时候我年少轻狂，乱写的，那些愿望可能一辈子都完成不了。"

玲儿拉着小智的手说道："正好我哥哥嫂子也在这儿，你就和他们分享分享嘛！"

嫂子插话道："是啊，大家就随便聊聊嘛！你可以先说说那些已经实现了的。"

小智叹了口气，说道："其实大部分都没实现，实现了的，我想想啊。"小智理了理衣服，一本正经地说道："对人民英雄纪念碑行注目礼、开一个公益工作室、去一次西藏、谈个女朋友，就这四件事已经实现了。"

嫂子惊叹道:"还去过西藏,厉害啊!其他的事情可以慢慢来嘛!"

在一旁的政哥插话道:"哪些是还没实现的呢?"

玲儿抢着说道:"我知道几个:到联合国进行全英文演讲、读研究生、拿个世界顶尖大学的学位、来一次说走就走的国外旅行、在无污染的大海边生活一个月、看一次极光、看一次流星、出版一本书、到国防科技大学听一次课、冒着随时可能牺牲的危险做一次英雄、工作后第一笔钱给父母买个他们最需要的东西、和某个明星合影,对吧?"

嫂子说:"这些梦想太棒了!还有呢?"

小智说:"还有现场听一堂屠呦呦等知名科学家的课、到国外感受一下海外华人的生活、开个公司、受邀参加一次在央视星光影视园举办的活动、和外国人做室友、定期向某一权威公益组织捐款、到中共一大至七大会址参观学习、在异国他乡的舞台上做一次演讲、去一次台湾省。"

嫂子连连称赞:"赞赞赞,不过这里还没有三十个愿望吧!"

玲儿说:"你那么喜欢宇航员,我想你应该想见一次宇航员。"

小智说:"是的,我想见见他们,毕竟他们做的事情是我一直想做的啊,如果能与他们亲密交谈就更好了。"

玲儿问:"还有呢?"

小智说:"还有,我想召集我们家里人拍张全家福,因为我们从未拍过。"

嫂子说:"这个是应该的。"

政哥问:"还有呢?有什么特别期待的愿望?"

小智转头看着玲儿说道:"许她一场婚礼。"

嫂子说:"真好,我等着吃喜糖啊!"

玲儿羞涩地说:"你们先带个头。"没等玲儿说完,嫂子便含情脉脉地看向政哥。

从崀山下来后,玲儿问小智:"你觉得桂林和崀山哪个地方更漂亮呢?"

小智说:"我觉得不能够这样简单地对比,两个地方各有千秋啊,仁者乐山、智者乐水。其实我最喜欢的是山水中间的十里画廊。"

玲儿说："你是想在那里骑单车吧！"

小智说："是啊，你不觉得那样很诗意吗？"

玲儿说："也是，现在人们的生活节奏太快了，偶尔去这种世外桃源散散心也是挺不错的。"

又一次回到H大学后，玲儿不得不启程去D市实习了。小智将玲儿送到火车站。未来的事谁也说不定，即将毕业的他们都很迷茫。

## 第13章 免费午餐

由知名公益人邓飞先生发起的免费午餐项目首次面向高校设立大学生驿站，小智认为这是一个机会，而且通过这个平台能够帮助贫困山区的孩子吃饱、吃得有营养，这是一件非常了不起的事情。面试时，小智和面试官阿子谈论自己心中的公益梦想，阿子表示非常认同。就这样，小智的工作室成了免费午餐首批大学生驿站之一。

不久，小智收到免费午餐大学生驿站授牌仪式及首期训练营的邀请，但由于自己要赴北京参加全国防艾禁毒社团骨干培训班，就让团队成员桂芝代为出席。

小智在北京的培训班结业后，没有立刻回H大学，而是长途跋涉到D市与玲儿见面。玲儿的堂姐大伶和姐夫大宏还请了远道而来的小智吃海鲜。

回到H大学后，学院刘书记看到小智为迎新工作忙前忙后，便让小智将工作室获得过的荣誉、做过的公益等资料拿给他看。刘书记看过资料后很是喜欢这个学生，说："我记得爱心雨伞活动就是你们工作室开展的，那个活动做得非常不错啊！"

小智说："谢谢刘书记，我们会继续努力的。"

刘书记问道："你的工作室名字中间有'众筹'两个字，这怎么理解呢？是众筹钱吗？"

小智说："不，我们很少众筹钱的，即便筹钱也是公益性质的，就筹过一次，是帮助湖南第一师范的一群女孩，圆了她们一个舞台梦。"

刘书记说："这很好啊，不过你们众筹的不是钱，那是什么呢？"

小智说："刘书记，您问到点子上了，我们想筹的是年轻人优秀的点子、思维以及他们碎片化的时间，筹集起这些东西一起做公益，就可以让校园、让社会变得更好。"

刘书记赞叹道："好啊，后生可畏！这次中国社会福利基金会免费午餐基金给你们授了一个这么大的牌子，你们准备挂在哪儿呢？"

小智挠了挠头："这个……"

刘书记看小智支支吾吾的，便说道："我在我们学院给你们工作室特批一间办公室吧，这些就可以挂在办公室门口了。"

小智眼睛一亮："真的吗？那太好了！谢谢刘书记。"刘书记不仅特批了一间办公室给小智做工作室用，还给小智的工作室挂上了一个学院独有的工作室牌子。

转眼就到了新生入学的那一天。小智作为免费午餐大学生驿站站长，为了更好地宣传免费午餐，定做了一条很长的横幅，有对学院、工作室、免费午餐计划的介绍，还有新生进校注意事项。

没想到的是，就因为这条横幅，小智的工作室被免费午餐基金评为了"最具规模团队"，小智趁热打铁，和团队成员举办了99公益日的活动。99公益日那几天，食堂电子屏、图书馆电子屏、广播里都播放着小智的工作室支持免费午餐的消息。因此，小智的工作室又被免费午餐基金评为了"活力四射青春团队"。

后来，小智牵头组织的"免费午餐·分享爱"活动也是开展得有声有色。因此，工作室获得了到全国各地（如杭州、新晃、湖州、长沙、深圳等城市）学习交流的机会。小智总是把机会让给自己团队的成员，让他们去开阔视野。那一年，免费午餐基金开年会的时候，小智的工作室获得了中国社会福利基金会颁发的"年度优秀地方驿站"的荣誉，全国一共只有十一个团队获此殊荣。

值得一提的是，当年免费午餐基金在H省成立了省驿站，而省驿站里有一大半的成员都是来自小智的工作室。小智和玲儿看到成员们如此优秀，心里着实高兴不已。

# 第14章　关门弟子

随着小智工作室的蓬勃发展，又吸引了一批优秀的年轻人加入，其中包括笑仙、国婷、军锟、慧媛、尹程、杨金、文娟、爱春、榕蔚、赫然、芸麓、乐可、文霞、颖莉、玉华、丁瑶、王帆等热心公益的青年学生。

有了这些优秀青年的加入，工作室发起或联合发起了愿化为天使伴你左右、双百公益活动、云+校园活动、21天养成计划、第一届全国大学生预防艾滋病知识竞赛、第一届全国大学生环保知识竞赛、春运帮帮"盲"等活动。多项活动被相关单位认可，如被L

市福星老年公寓、L市中心医院团委授予年度"优秀志愿团队合作伙伴"称号等。

小智又一次去到D市与玲儿相见的时候，将这些好消息告诉了玲儿。玲儿感叹道："没想到，我们那时的一个小想法，现在居然发展成一个规模这么大的团队，还做了这么多的公益。"

小智说："是啊，不过现在团队里的成员你都不怎么认识了，他们是既年轻又优秀啊！"

玲儿说："对了，等我这边实习结束，你是不是正好要去长沙实习啊。"

小智说："是的，但是你回学校准备考试的时候，我会经常去看你的。"

小智回到H大学后，接到H省义工高峰论坛组委会的邀请。但小智当时忙于安排班上同学们实习的事情，无法出席论坛。经过几番考虑，他委托团队成员军锟参加。在H省第五届义工高峰论坛上，小智的工作室获得了H省最佳志愿服务组织奖（第一名）。

获得了这个奖项，说明组委会是认可小智的工作室的，但此时的小智却很迷茫，因为他深知工作室虽然发展得挺好的，但终归是以学生为主体运营的，还是存在一些问题，再加上自己马上就毕业了，那之后这个团队又该何去何从呢？而小智没能培养出来一个能全面接手工作室的人。后来，小智需要赴R国学习，就忍痛把工作室解散了。

工作室解散前夕，玲儿问小智："你为这个团队做了这么多，而且做的这些公益也是出了成绩的，就这样解散了，心里一定很不好受吧！"

小智回道："现在是发展得不错，遗憾的是我没能培养出来一个可以接班的人，这样的话，这个团队的发展可能会越来越艰难，还不如就此解散，至少多年后我们回望它的时候，记住的是它曾经的辉煌。"

玲儿说："也是，你想得比较长远，不过解散了，你会很心痛啊！"

小智叹了口气："怎能不痛呢，这几年大部分时间和精力都放在了这个公益工作室上，感觉它就好像是自己的孩子一样了……"

几年后，小智特意到H大学看望还未毕业的工作室成员，大家即便很忙，也都准时赴约了，且不约而同地表示很怀念在工作室的日子，还自称是小智工作室的关门弟子。

## 第15章　深圳之旅

终于，玲儿为期四个月的实习结束了，小智的一个月实习期也结束了，本来可以好好相聚的，但小智却做了一个让人意想不到的决定——只身前往改革开放的前沿地深圳闯荡。匆匆相聚，又匆匆别离。

毕业季即将到来，两人对未来都充满着迷茫，因为毕业季分手的例子实在是太多了。以往都是小智送玲儿到火车站，而这次换成玲儿送小智到火车站，心里难免五味杂陈。

玲儿惆怅地说："下次再见面不知道是什么时候了。"

小智说："唉，说实话我也不知道。"未等小智说完，玲儿眼眶里瞬间充满了泪水。小智看出来毕业季的迷茫给玲儿带来了恐惧与不安，于是说道："你放心，毕业季不会是我们的分手季，相信我，我和别人不一样。"

玲儿依依不舍地依偎在小智的怀里。此时，火车站里传来播报声："尊敬的旅客，由L市开往深圳西的火车即将进站……"小智必须离开了，玲儿只能待在原地看着小智的背影消失在人海中。

小智到深圳后并不顺利，前两周都在为找工作而奔波，身上带的钱也越来越少，后来连青旅都住不起了。最后，小智在一个曲艺剧场里暂时安定了下来。

在曲艺剧场工作期间，小智非常刻苦，以至于他的老板在成立区餐饮服务行业协会的时候，想让他来做副秘书长。一天，玲儿给小智打电话，怎么也打不通，还以为小智出什么事了。直到第二天，玲儿才知道小智是在忙剧场的活，一直忙到晚上两三点才回到宿舍，当时手机没电关机了。剧场又累又重的体力活，让他一个从小跟随父亲做铝合金窗户的小伙都受不了，回到宿舍倒头就睡，但他却把这种"锻炼"当成人生路上一种独特的体验。

玲儿心疼地说："连你这么能吃苦的人都受不了，那这也太累了吧！"

小智说："因为剧场收得比较晚，那天只有我和另一个同事在了，我们俩要将好多大音响运到一个很大的坡下面，然后再推上坡运到仓库里。"

玲儿问道："那这样加班，老板会给些加班费吗？"

小智说："这个倒没有，不过没关系，就把它当成人生中的一种体验吧！以前只知道演员辛苦，台上一分钟，台下十年功，现在明白幕后工作人员的付出也不少。"

在剧场工作的周末，小智也没闲着，经常去参加各种各样的活动。在一次世界青年论坛上，小智对联合国官员分享的一个词"世界公民"印象非常深刻，小智确信自己是一个合格的中国公民，但还未曾想过要做世界公民。这一点对他的启发很大，也使他萌发了去看世界的想法。会后，小智还深入地了解到很多国家的生态环境被破坏得非常严重，全球变暖也成了一个大问题，而重视生态环境保护的人并不多，做这行的也在少数。

正是从那时起，小智决定放弃在剧场的工作，去探索怎么才能为生态环保事业、为子孙后代留下一个好的生态文明尽一分力量。玲儿听到小智这个想法后，说道："生态环保不是你一直以来都在做的吗？而且你从复读那年就开始做了，今年都是你做生态环保的第四个年头了吧！"

小智回答道："是的，但是我以前做的是一些大家都能做的事情，我不是生态环保专业科班出身，做的都是一些浮于表面的东西，不够深刻。"

玲儿问道："那你想怎么做呢？"

小智说："去学习，去读个研究生！"

玲儿追问道："你不是没想过读研吗？况且现在也有点迟了吧？而且你读研的话去哪儿读有想过吗？"

小智说："我听说R国的环境很好，那边生态环境类的学科在世界上的排名也很高。读研的话，我想读那里最好的大学！"

玲儿说："R国最好的应该就是M大学了吧，听说M大学地位极高，但毕业率很低。"

　　小智说："即便毕不了业，也不会有遗憾，我先抱着试一试的态度去考一下。"

　　玲儿不想打击小智的信心，便没再说什么，只是表示支持。

　　当时，临近过年，且小智需要带母亲到医院看病，就辞去了现有的工作，回家去了。

## 第16章　考研之路

　　小智带母亲到医院看病，医生说没什么大碍，小智心中的石头可算是放下了。不久，小智受邀出席《出彩中国人》C市赛区的启动仪式，遇到了曾登上央视舞台的何毅、杨红接夫妇，被他们的故事所感动。深聊后，何毅鼓励小智去M大学读研究生，学成归来，报效祖国。

　　这年阳春三月，小智看到M大学发布了研究生招生简章，其中正好有自己心心念念的生态环保专业，但招生名额极少。玲儿知道后鼓励他说："总要去试一下，试都不去试怎么会有结果呢？"

小智按照招生要求将简历、研究证明、入学考试申请书等一系列资料提交给了M大学招生委员会。让小智没想到的是资料审核竟然通过了，还接到了参加笔试面试的通知。小智本科虽然学的是通信工程而不是生态环保专业，但小智坚信自己扎实的数理化生知识会给这次考试带来一定的帮助，此外，这些年来在环保领域实践出来的经验也能用上。不过，这些对于这次考试来说可能是关公面前耍大刀，毕竟面试官是资深教授，而且考试是全英文的。小智只好寻求玲儿帮助，但直到考试前，小智只勉强背下一段自我介绍。

虽然兴致勃勃地准备着考试，可是真要出国读书的话，学费是个大问题，对于小智的家庭来说，这确实是一笔不小的费用。可能是老天眷顾，小智再次浏览M大学网站的时候，意外发现M大学今年会在国内开设合作大学，同步招收研究生，研究生的学籍、教学教授以及授课体系全是M大学的，毕业后拿到的文凭也是M大学的，还有对小智来说最重要的一点，学费全部用于奖助学金，也就是说，学费问题就能得到解决了。

终于等到考试那天，玲儿和小智搭乘火车来到北京。小智非常重视这场考试，特地穿着一身西装到达考场。上午笔试的考场是个大教室，但这个考场里的学生却屈指可数，监考老师却有五六个。考试时，其中有一个叫Katerina的R国女老师怕考生口渴，逐一问考生渴不渴，并友好地给考生倒水喝，Katerina老师的这一举动让小智的紧张感缓解了不少。

笔试主要分为选择和问答两大题型，选择题对于小智来说容易搞定，但问答题小智即便知道答案，也很难用英语表述出来。小智心想完了，只能硬着头皮做，重在参与吧！最后在问答题部分，小智采取画流程图的方式，只是在关键点用英文词汇表述出来。

下午的英语专业考试和面试小智也是硬着头皮撑过去的，小智和教授聊了很多，包括以前的专业、选这个专业的初衷、研究计划等，可惜的是准备了好久的英语自我介绍一丁点儿都没用上。

考试过后，小智还和Katerina老师聊了两句，让小智没想到的是，Katerina老师的中文很好，而且还使用微信，小智便主动将Katerina老师添加为好友。考完试后，小智以UNDP China创新发展助力校园合伙人的身份到联合国驻华代表处参观了一会儿，并在办公室帮忙制作好了所有极·致未来责任创新挑战赛校园合伙人的证书。

离开北京的前一天下午，小智紧张地发微信给Katerina老师，问自己有没有希望进M大学读书。不一会儿，Katerina老师回道："我刚刚看了一下成绩单，你应该有机会进入我们大学学习的，欢迎你来呀！"

"真的吗？真的吗？"小智兴奋不已。

Katerina老师回复道："是的，我刚刚确认过了，不过还要等学校的正式通知。"

小智回道："谢谢Katerina老师，我会努力的。"

小智兴奋地跳了起来，在一旁的玲儿说道："我从未见过你这么高兴！"

小智说："是吗？哈哈，我是很高兴啊！感觉好久都没这么高兴过了。"

## 第17章 麦芒计划

回到H大学后的一天，玲儿看到一个有关留守儿童的视频，感觉特别辛酸，便对小智说道："我记得你所在的大研会有个'麦芒计划'，是专门做留守儿童公益的，对吗？"

小智说："是啊，前两天大研会的杨老师打电话给我，说过几天和会长亚博、副会长昱洁等人一起去双江踩一踩今年麦芒计划的点。怎么，你也感兴趣？"

玲儿说："我觉得这种关注乡村留守儿童成长，致力于乡村少年健康成长的项目特别好，而且麦芒计划的主体服务者是大学生，能够这样一届传一届，生生不息下去。"

小智说："是啊，杨老师做这个项目持续了好多年了。"

玲儿问道："那你们什么时候去踩点？"

小智说："拍完毕业照就去吧！"

转眼就来到了拍毕业照的那天。小智在负责完班上合影后，借了两套学士服，想和玲儿将这美好的毕业时光定格在镜头里。小智提前邀请了昱洁的闺蜜聪玲当摄影师。不面对镜头还好，一面对镜头，小智就浑身不自在，场面一度极其尴尬。摄影师聪玲让小智笑一个，小智的"皮笑肉不笑"让摄影师聪玲感到非常为难。在H大学后街花海取景的时候，聪玲或爬高上低，或扎马步，小智看到这一幕后深受感动，尽力配合好聪玲的拍摄，或许是小智对聪玲身上的那股认真劲儿有一种似曾相识的感觉吧！

等大家都拍完毕业照，杨老师邀请小智一行人前往双江，玲儿由于要答辩就没有过去。

小智本以为双江是一个在大山深处的较落后的地方，但到了双江后，小智改变了对其的看法。最先映入小智眼帘的是一条不大的小溪，旁边的青山正好衬托着这绿水。潺潺溪流让小智想起了小时候家门口的那条小溪，只是记忆中的那条小溪早已被破坏了。

紧接着，不知道从哪儿冒出来几个小孩，其中一个叫蔡赫宏的小孩一直盯着昱洁，昱洁一眼就认出来了这个小孩。他就是昱洁两年前参加麦芒计划时教过的孩子，他家里有三四个兄弟姐妹。昱洁便问他道："你还记得我吗？我教过你的。"小孩只是摇摇头没有说话。

接触一段时间后，昱洁问起蔡赫宏家里的情况。慢慢地，那个小孩记起昱洁来了，小智被这种不知道如何描述的"师生情"深深吸引着，心想：老师眼里的爱意，孩子明媚的眼眸，加上这青山绿水，不就是一幅唯美的画卷吗？

这天，一个在双江支教的老师看到小智一行后，化身为当地导游，带领他们爬上了双江的最高峰。小智在这游山玩水的途中越发感受到乡村教育的意义，教授知识是其次，最重要的是打开孩子们的心扉，好的教育与童年缺一不可。

回去后，小智将在双江的所见所闻分享给了玲儿，两人就麦芒计划的公益模式探讨了很久，都对杨老师这么多年一直坚持做麦芒计划表示了崇高的敬意。

# 第18章　深入学习

小智携手大艺CEO凯哥给H大学图书馆捐赠了价值两千八百元的原创插画书籍后，便和玲儿收拾好行李离开了H大学。两人的本科生活正式结束。

玲儿休息了一段时间后，到D市一家培训机构当起了英语老师，而小智则回到Y市，白天和父亲外出做铝合金窗户，晚上为读研做准备。毕竟是跨专业读研，所以小智想趁这个暑假多学点生态学知识。不久，小智再一次去到北京，在北京大学学习定量遥感与全球变化的研究生精品课程。这门课程结课的时候，同学们的成绩一般是七十多分，而小智却拿到了八十九分的高分。同时，小智还利用课余时间，拜访了硅谷密探等中关村企业。

回到H省后，小智再一次收到了某著名脱口秀节目现场录制的邀请，这次是生态环保专场。小智被各位环保卫士的事迹所感动，尤其在看到塞罕坝那一篇章的时候，小智更是热泪盈眶，并有感而发：

繁荣有梦改荒丘，数代辛勤化绿洲。

坝地如今成画境，一方生态美而优。

这首诗被小智的忘年之交何会长看到后，何会长说："诗虽然写得不是特别好，但我从中看出了你的豪气与责任。"

不久，小智被邀请参加《星路天下》音乐旅游节目全球发布会，在最后的颁奖典礼上，小智获得了"最佳网红自明星"的称号。但小智却表示："我不是网红，也不是明星，但我会尽自己所能来实现自我价值和社会价值。"之后，小智又参加了世界环境科学家大会。在大会上小智提出的"基于MR+SR的智能环境防灾教育系统"，得到了大会科技组的认可，并在后来的"科学—政策—市场"多利益相关方对话上将这个创意演讲了出来。小智就是通过这样游学般的方式学到了很多新的生态环保知识。

在游学的过程中，小智很是思念玲儿，曾几度前往D市看她，一方面能关心到玲儿的生活，另一方面也只有玲儿愿意不厌其烦地听这位少年谈论自己的生态环保梦。

但即便如此，两人依旧对前途很迷茫。小智就提议："我们在各自的领域深入地去学习，不管是知识、技能、方法还是其他。只要真正扎根到领域里面，几年或多年后，就算不是那个行业的专家，也会在那个领域有一定影响力。像我们这样的草根虽然做不到年轻有为，但只要这样坚持下去，终有一天会成大器的。"为此，小智还引用了著名航天员王亚平的一句话："梦想就像宇宙中的星辰，看似遥不可及，但只要你努力，总有一天你能触摸到它。"

玲儿听完小智的一番话后，多了几分对未来的信心。

## 第19章　冲破迷雾

　　九月是开学季，根据M大学的安排，小智要先到合作大学参加一个盛大的开学典礼。火车要开十几个小时才能到合作大学所在城市，小智便想看书来打发时间。打开书，小智发现一张皱巴巴的五块钱纸币和一张纸条，纸条上写着：哥哥，给你五元钱。原来，是小智的妹妹小丽怕哥哥出去读书没钱用，又怕哥哥不要她的钱，就把"所有的积蓄"偷偷夹进了小智的书里。

　　盛大的开学典礼如约而至。在典礼上，两国副总理、M大学校长等人的致辞说得小智热血沸腾。再一次回到校园，小智倍加珍惜这来之不易的学习机会。

研一的课程安排得很紧密，小智发现所学的课程知识都是以前在实践中已经掌握或了解了的，但是薄弱的语言基础让他痛苦万分。此时的玲儿刚进入职场，早出晚归，身心异常疲惫。

小智经常使尽全身力气去认真听一门课，可仍听得一脸蒙，知识就好像穿头而过，"左耳朵进右耳朵出"用在这儿最合适不过了。经过反复"折磨"，他的心情跌入了最低谷，于是，他鼓起勇气，找到学术部的老师，说出自己退学的想法。学术部的老师表示自己能理解那种痛苦，只是要他再考虑一下，如果实在坚持不了，再帮他办退学手续，或是可以选择休学一年，学一年语言后，再和下一届一起读。

小智表示先考虑考虑。随后，小智给母亲打了一个电话，但母亲是一介农民，不知怎么办好，只说充分尊重小智的想法。小智的父亲闻讯后，不忍心让小智承受这般痛苦，表示如果小智实在读不下去的话，就回家吧，不读了也没关系，别把自己搞傻了。实际上，小智内心并不想结束这个来之不易的学习机会。

小智独自走到校外的一个林荫小道上想寻求冷静，毕竟解铃还须系铃人，退学或咬咬牙坚持下去都在自己一念之间，关键是要做到不后悔。

心情低落到极点的小智突然听到一个声音："你好啊，小智。"

小智问："你是谁？"

未来说："我是两年后的你啊！"

小智问："两年后的我？那我最后弃学了吗？"

未来说："会不会弃学，其实你自己知道，你还是想继续读下去，并顺利毕业的，是吗？"

小智说："这个是肯定的啊，可是我的语言基础太薄弱了，这太痛苦了，我一分钟都受不了了。"

未来说："我知道，那是因为你性格好强，可是，你不也常说：故事里的主角有很多半途而废的机会，但是他们并没有。"

小智说："我也能成为自己人生的主角，对吧？好的，我明白了，我会努力的，你现在是在哪个时间点呢？"

未来说："我刚刚通过毕业论文答辩，我们都应该为这件事情而高兴，对吧！"

小智说："毕业论文……是我所期待的未来，真的会有那么一天吗？真希望那天能早点到来。"

未来说："会的，只要你努力，我在这里等你，我相信你，你也应该相信你自己，不是吗？"

这个声音是不是真的来自未来，小智不知道，也许是自己想象的，又或许是自己安慰自己的，但小智的心结似乎解开了许多。

这次，小智很自信地走进了学术部办公室，和老师说不退学了，想再试试。学术部的老师表示学校方面会尽最大的努力帮助小智。

两天后，小智换了一个R国的室友，这个室友来头不小，本科就是M大学的学霸级人物，小智抓住这个机会，提高自己的外语水平。

小智将这个有点"神经质"的故事分享给玲儿，玲儿直呼好厉害，可以对话未来，未来的自己还可以帮助现在的自己，简直就是超神。

另一方面，玲儿领到了第一份工资，给父母和小智分别买了一些礼物。看到他们开心的模样，玲儿觉得再累也没关系。没过多久，玲儿就被评为了"优秀教师"，而且获得赴北京参加培训的机会。玲儿在教学方面非常认真负责，成了整个机构里第一个收到家长赠予锦旗的老师，而且还同时收到了两面。

## 第20章　魂牵梦绕

　　玲儿所从事的教育培训工作并不轻松，但玲儿在工作上兢兢业业，教学质量也是有目共睹的，因此直接被老板提升成教学主管，这算是玲儿走入社会以来的第一个小突破。下班后，她总是独自在天台仰望着太阳落下的那个方向，那是小智学习的地方。现在已经是冬天了，也不知道那里是一番怎样的景象？他带的衣服够不够？

　　此时的小智正跟随教授在兹韦尼哥罗德的森林里"踏冬"，他们沿着莫斯科河逆流而上，时而探索熊和狐狸的足迹，时而观察划过天空的老鹰小鹰，时而追寻蹦蹦跳跳的松鼠。当然了，除了了解多样的生物外，最重要的是取样品，以便带回实验室里潜心研究。

小智回到生物站后，立马给玲儿发起了视频。玲儿带着责备的语气问道："今天怎么这么晚才打电话过来？我都准备睡觉了！"

小智说："今天跟着教授走了好远的路，手机冻到没电了！刚刚回来。"

玲儿说："啊！那你还没吃晚饭吧？"

小智说："待会儿去吃，晚上还有课。"

玲儿本不想打扰小智，但还是忍不住问了句："你什么时候回来啊？"

小智说："我也不知道，大约在冬季吧！嘿嘿！"

玲儿说："冬季你个头，是在那边找了你喜欢的R国美女了吧！"

"我也想啊……"此时，小智的同学Li和Saber来找小智去吃饭，小智只好对玲儿说道："好了，先不说了，我和同学去吃饭啦。"

小智在这异国他乡，又何尝不经常惦记着玲儿呢？一到繁华的地带，他总会给玲儿挑一个礼物。语言沟通上有些障碍，他就找R国的同学帮忙买。

终于，假期来临。几经辗转，小智又一次来到了D市。这天，玲儿特意请了半天假在家里等待小智，脑袋里想象着见到小智时迫不及待地拥抱对方的情景。但当两人见面时，互相看着对方的那一刻，时间就好像是静止了一般，两人久久不语。

片刻后，小智回过神来，对玲儿说道："好久不见！"玲儿回道："是啊，你终于回来了，看来R国的伙食不错啊！"小智淡然一笑，打开了行李箱，只见箱子里装满了口红、唇膏、眼影、药品、巧克力……都是小智精心为玲儿准备的。

玲儿再也抑制不住兴奋，扑在小智怀里说道："你终于回来了，我感觉你去了好久好久。我每天都在想你，等你，但又怕等不到。"

小智又何尝不是呢？他瞬间被玲儿的这一举动感动得红了眼眶。这时，小智趁玲儿不注意，偷偷从背包里拿出一盒非常大的巧克力，并说道："Surprise（惊喜）！"玲儿惊讶地叫了出来，她没想到小智这样木讷的男生也会偷偷地准备双重惊喜。"以前只看着别的情侣之间送巧克力，我从未给你买过，这次，一并补上。"小智接着说道。

这次来到D市，小智要见未来的丈母娘，内心还是很紧张的，扯着玲儿到超市购买了一些见面礼。晚上，母亲彩虹见到小智，感觉这个少年温文儒雅，眉宇间流露着书生意气，在经过一番了解后，认可了女儿的眼光。总的来说，这次见家长还是比较顺利。

短暂的相聚后，小智返回M大学继续学习，又留下玲儿在原地等待。

# 第21章　极光之恋

M大学有两个大型生物站，一个在兹韦尼哥罗德，另一个在北极圈内的白海之滨。

按照学习计划，小智需要到白海生物站进行生态研究。经转火车、汽车、船只，花了近两天时间，小智终于来到了M大学白海生物站。这是小智心心念念的地方，岛屿、大海、森林、天空，给人无限遐想。

在一次课堂上，海洋生物学家Alexander Semenov分享自己的海洋探险经历及拍摄到的海洋生物照片，深深地吸引住了小智。尤其是那些海洋生物，就像是来自外星球的，还有很多是首次被发现的，让人感到震撼。

下课后，小智马上给玲儿打视频电话，将这些趣事分享给她。小智走在外面，玲儿看到视频中的海面上有一个火红的大球，便问道："那个红色的是什么？"

小智回道："哈哈，我刚来的时候也不知道，还傻傻地去问了教授，结果是月亮。"

玲儿惊叹道："这太不可思议了！"

小智说："可能和纬度、散射有关吧！"

就在这时，天空开始出现极光，就像是有人在作画一般，变化无穷。这一自然现象怎能不让人心生喜欢，玲儿脱口而出："真好，我想和你一起到那儿看极光。"

小智说："手机拍得不太清晰，肉眼看到的更加震撼，你看到了吗？它们还会动，教授说今天晚上的极光等级很高，是五级，像极了处在童话故事里。"

玲儿说："我感觉你这一辈子都值了，好多人一辈子都见不到极光……"

"快看，那是什么？"小智将镜头换到另一个方向，并打断道。

玲儿说："什么？看不清！"

小智说："那里有两颗流星啊，不过手机里看太小了。"

玲儿惊呼："哇，还可以看到流星啊，那你赶紧许愿。"

小智笑了笑说："电视剧看多了吧，我又不信这些。"

又聊了一会儿后，玲儿困得不行，便说道："我实在是要睡了，你明天早点起哦，给我直播日出海景。"

后来，小智发现极光和流星在白海并不稀奇，只要是晴天，便会有极光流星。每当忙完了学习上的事情，小智便总是忍不住想将这绝美的景色分享给玲儿。忙碌了一天的玲儿，每次回到家看着小智分享的绝美风景，心中总会多一股暖流。

一次语音通话时，小智抬头看着月亮说道："虽然我们看到的月亮大小不相同，但那确是同一个，如今我们跨着大洲，隔着时差，能够将我们连接起来的除了大地，就只有这月亮了。"

"是啊，可是明明在同一片星空下，却感受不到你的温度。"玲儿打断道。

小智说："乖，我很快就能回来了。我好想带你来看看这里的大海、极光和流星啊。"

玲儿说："我也想去看看，但是太远了，而且去一趟也很贵吧，交通费用都划不来，你是学校给你出钱，我可出不起。"

小智说："你知道吗？我昨天做了一个梦！"

玲儿问道："什么梦呢？"

"我梦到在好多年后，我带你来到了这里，像是历险，又像是圆了多年的一个梦。"小智饱含深情地回道。

玲儿说："哈哈，希望那天早点到来。所以，你要努力学习，顺利毕业，以后赚了钱，想带我去哪儿就能带我去哪儿呀！"

小智说："来白海生物站做研究的同学来自不同国家和地区，他们不全是M大学的学生，有些是通过参加科考项目来的，我发现和世界各地的年轻人交流是一件很酷的事情。等我赚钱了，通过我们学院的主任，应该可以带你来白海的，你就能看到我今天看到过的风景，感受我今天感受过的心情。"

"嗯嗯！"玲儿在电话这头使劲地点了点头。

"好了，你早点睡吧，晚安！"小智看着满天繁星和极光说道。

玲儿说："晚安！"

# 第22章　许愿还愿

时间这个东西，流逝起来总是让人猝不及防。转眼，小智的研究生生活就要接近尾声了，他一鼓作气，通过了毕业考试和论文答辩，并都拿到了5分（Excellent）的好成绩。

"丁零零……丁零零"，玲儿的手机响了。

玲儿拿起手机说道："喂，答辩怎么样了？"

小智露出嘚瑟的表情："当然是通过了呀！而且还是满分通过！"

玲儿高兴地说："恭喜啊，那教授们有为难你吗？都问了你一些什么问题呀？"

小智说："为难倒没有，就是我太紧张了，问题问了很多，我基本都忘记了，只记得有个教授问我为什么要从热门的通信专业转行来做环保。"

玲儿问道："你怎么回答的？"

小智说："我说，近些年来，我国的环境遭到了破坏，环境保护是我们这一代人需要担负起来的责任，或许我一辈子都做不成什么大的功绩，但至少可以为下一代提供一些经验。我虽然不是巨人，但可以让后来人站在我的肩膀上，从而在突破某些成果时轻松一些。至于为什么我会换专业，是因为我想为改善生活环境、建设美丽中国、建设生态文明尽一份绵薄之力。"

玲儿赞叹道："这个回答太棒了！"

小智说："哈哈，还有就是我答辩完后，学院主任特意帮我说了话。"

玲儿问："哦？他说什么了？"

小智说："他原话是这样的：我刚遇到他的时候，和我交流都很困难，但是经过他个人的努力，不管是语言方面还是专业知识方面都有很大提升，所以我认为，他就是这届学生中的Champion（冠军）！"

玲儿说："看来他挺看重你的，Champion！那在其他同学答辩完后，他也都发了言吗？"

小智说："前几天在其他专业答辩的时候有说，我们专业就只有在我答辩完后说了。"

玲儿说："不错啊！"

小智说："对了，刚刚你没接到电话，是在给学生上课吧。我刚刚去做了一件事，你还记得两年前，我和你说过未来的我告诉过去的我能顺利毕业这件事吗？"

玲儿说："当然记得！怎么了？"

小智说："我刚刚又去了那里，假想着对两年前的自己说刚刚通过了毕业答辩，叫他要相信自己，不要放弃，只要坚持和努力就一定能顺利毕业！并且还对他说，故事里的主角有很多半途而废的机会，但是他们并没有，我在这里等着他！"

玲儿说："神奇，这好像跟你两年前和我说的话一模一样吧！"

小智说："哈哈，这也算是一种还愿吧，还两年前的愿，有始有终。"

玲儿说："马上就要毕业了，以前都是你带我去旅行，这次，我带你吧！说吧，你想去哪儿玩？"

小智说："你先说说你想去哪儿，你想去的地方就是我想去的。"

玲儿说："你去过国外那么多地方，我都没怎么去过。我的钱包告诉我亚洲国家可以任君选择！"

小智说："新加坡？印度尼西亚？越南？缅甸？"

玲儿说："上次看朋友圈，越南芽庄挺美的，巴厘岛也想去，新加坡也行。"

小智听后，立马搜索了旅游攻略，然后对玲儿说道："我刚查了一下，我们可以考虑去新加坡和马来西亚，跟团去两个国家比去巴厘岛还便宜点。"

玲儿说："行啊，你决定就好。"

小智说："我们跟团去吧，毕竟在国外，要不然感觉不安全。"

玲儿说："怕什么，你可是有个随行翻译在身边呢！"

小智说："也对！"

就这样，一场说走就走的国外旅行开始了。

# 第23章　毕业礼物

虽然小智和玲儿一起去过很多城市，但一起出国，这还是第一次。第一站，他们来到了新加坡，两人用一天的时间将新加坡的标志性景点逛了个遍，发现新加坡还是很不错的，以至于他们不约而同地感叹道：麻雀虽小，却是五脏俱全。

领略了新加坡的风光后，小智和玲儿随旅游团穿过新山来到马六甲，这是郑和七下西洋中有六次停靠的地方，也是汉丽宝公主远嫁的国度。小智和玲儿对这段历史很感兴趣，还特意去参观了郑和当年为当地人打的水井。途中小智有感而发，写下了一篇名为

《初识马六甲王国有感》的文章。

在游玩途中，小智面对镜头就紧张的习惯还是改不了，当导游帮小智和玲儿拍照时，小智抬头挺胸站得笔直，旁人调侃道："你们真的是情侣吗？"玲儿看出了小智的不自在，悄悄地伸出了一根手指头，小智很默契地勾住了玲儿的手指。就这样，两人有意思的拉钩动作定格在了马六甲海岸线前。

随后，旅游团来到吉隆坡。因是旅游旺季，游客特别多，两人在吉隆坡皇宫大门前走散了。毕竟是在国外，这下把小智急得呀，到处寻找玲儿。正当寻找无果的时候，视力不太好的小智看到前方有个人影像是玲儿，便跑了过去，确定那就是玲儿后才放慢脚步，并以责备的语气说道："你去哪儿了！"玲儿调皮地回道："我一直在看着你慌慌张张的，不知道你找哪个小姐姐呢？"说完，两人便相向而行。这一幕正好被旅游团的一个成员拍了下来。这张照片就如辛弃疾词中所描写的那样："众里寻他千百度。蓦然回首，那人却在，灯火阑珊处。"

小智在坐缆车去云顶高原的时候，由于恐高而显得极度不适应，一边抓着玲儿的胳膊，一边使劲吞口水，还一边试探性地往缆车外面看。就是那种很害怕还要去看、不去看又不甘心的模样，逗得一旁的玲儿哈哈大笑。

旅游的最后一站是太子城，太子城旁有一个巨大的钢铁侠模型，玲儿便说道："快看，快看，这是你兄弟吧！"

小智脱口而出："你不就想说我是钢铁直男嘛，直说就好了呀！"然后顺手将手机递给玲儿说道："帮我和这个大钢铁直男合个影吧。"说完，小智摆出了和钢铁侠一样的姿势。玲儿一边拍照一边忍不住哈哈大笑。

几天的旅行很快便告一段落了，两人到新加坡樟宜机场候机时，看到机场有个地方给大家提供免费的涂鸦工具，便一拍即合涂了起来。玲儿一边涂鸦一边问小智："这几个城市，你最喜欢哪一个啊？"

小智不假思索地说道："新加坡！毕竟很现代化，环境也不错，我是很愿意在新加坡工作的。当然，除了吃的方面。在吃的方面，马来西亚更好。"

　　玲儿说："我也是这样想的，但新加坡的物价这么高，很难生存下来吧？"

　　"也是，看，这是我涂的！"小智将涂鸦拿起来给玲儿看。

　　玲儿说："比我涂得好啊，给你666个赞。"

# 第24章　一起深漂

毕业旅行结束后，玲儿索性陪着小智去参加毕业典礼。典礼当天，小智得知自己的毕业证是绿本，与红本以一分之差擦肩而过，不免觉得有些遗憾，但毋庸置疑，小智还是成功了。玲儿为祝贺小智成功获得M大学硕士学位送上了一大束向日葵。

小智考虑到年龄不小了，而且还要为家里还债，就没有选择继续读博，而是选择工作。

这天，玲儿问道："你准备去哪儿工作呀？"

小智说："你知道的，我最喜欢哪座城市。"

玲儿脱口而出："首都北京！"

小智说："嗯嗯，你会和我一起去吗？"

玲儿摇了摇头："北京太远了，我受不了那里的气候，我还是喜欢南方一些，暖和！"

小智说："我就知道，其实这个问题我也想了很久，那我们一起去深圳工作吧，那是改革开放的前沿之地，离D市也近。"

玲儿知道小智是经过了复杂的心理斗争后才决定不去北京的，便点了点头表示同意。

在之后的一个月里，小智在深圳找工作，虽然收到了不少offer，但小智都觉得不太适合。直到有一天，小智到Z公司面试的时候，被Z公司墙壁上悬挂的"守护生态环境，构建生态文明"十二个大字深深地吸引住。在面试时，小智和这个公司的HR、产品负责人相谈甚欢，回去后不久就接到HR的确认电话，正式邀请小智入职这家公司，并担任环境信息化产品经理，下周一就能入职。

小智为了做好这份工作，在距离Z公司附近两公里处租了个单间。不久，玲儿辞去了D市的工作，也搬了过来。

这周日，小智请玲儿在深圳的堂兄弟过来吃便饭。饭桌上，堂哥钢哥问小智道："小智啊，你现在在哪里工作？"

　　玲儿抢着回道："就在这旁边产业园里的一家环保公司。"

　　小智说："是的，不过还没正式入职呢！"

　　钢哥问道："那主要是做什么的呢？"

　　小智说："环保信息化方面的，我听HR说以后出差可能会有点多……"小智还没说完，手机响了，小智示意出去接电话。

　　不一会儿，菜上齐了，小智也打完电话进来了，但脸色似乎不太好。

　　玲儿小声问道："怎么了，是不是工作的事情？"

　　小智点点头，然后说道："没事，来，钢哥，吃鱼。"

　　等送完钢哥回去，小智才告诉玲儿，刚刚那通电话是Z公司HR打来的，说入职流程卡在了总经理那里，估计没戏了。

　　玲儿听后安慰小智道："没事，没事，明天再找找，肯定有更好的。难怪，你刚刚一直不太开心的样子。"

小智说："啊，这样吗？我还以为我刚刚把情绪控制得挺好的，应该是影帝级别的了！"

玲儿说："并没有，大家一眼就看出来了！"

小智说："看来我还是性情中人啊。不过话说回来，我不是气这个公司不给工作机会，而是他们怎么能出尔反尔呢，为了这份工作，我还在这里租了房子，如果下一份工作地点离这里很远，要换房子的话，房东都不给退押金的。而且我还拒绝了欧美同学会学长发给我的offer。"玲儿没有多说什么，只是静静地陪着小智。

之后的几天，小智又去面试了好几家公司，并且都拿到了offer，就在要入职的时候，Z公司HR又打了电话过来："小智先生，请问您现在入职了吗？您的入职流程在总经理那边已经通过了，您要不要再考虑一下呢？"

小智也不是不想拒绝，但可能就是因为Z公司墙上挂着的那十二个字，让他最终决定还是入职Z公司。

小智确定了工作之后，就陪着玲儿去参加面试，可能玲儿天生是面试的人才，凡是面试过的地方，都通过了，最终玲儿选择了一家培训机构，但要先接受一个月的培训。

总而言之，两人都确定好了工作，深漂之路就此拉开序幕。

# 第25章　等你的夜

小智和玲儿第一次在深圳工作，都不是很适应，玲儿每天早上6点就出发坐地铁转公交去培训机构，且在培训机构迟迟看不到希望，来深奋斗的梦想遭受到了打击。小智在Z公司面试的时候只看到了展厅和洽谈室，等真正入职走进办公区域的时候，才发现办公区域是由一个大厂房改造而成的，巨大的厂房内有着上百号员工，氛围显得非常压抑。但小智并没有因此而灰心，入职的第一周就将公司的历史、文化、工作流程及工作相关工具了解透彻，领导看到了小智的责任心和学习能力，因此在小智入职不到十天，就派他前往J市出差。这也意味着接下来一段时间玲儿要独自待在这个人生地不熟的城市。

玲儿问道："你要出差几天啊？"

小智说："三天左右吧！这次我除了对接客户外，主要是去学习交流的。"

玲儿似乎有点难过，说道："哦，那只有我一个人在这儿了，你要早点回来啊！"

"我也舍不得让你一个人在这儿。"小智说完将玲儿紧紧地抱住。

小智到了J市的J化工园后，与客户交流，了解到客户对这个项目很不满意，提出了一系列的需求，小智只好一边记录分析，一边将需求转化为研发人员能看懂的Axure图。出差的这几天，小智每天工作到晚上一两点，第二天一大早又要去找客户继续对接。在小智和同事的不懈努力下，终于达到了客户的标准。可是一晃眼，七天就过去了。

小智给玲儿打去电话说："这边终于算搞定了，但是在J市我们还有一个D化工园的项目等待验收，这个化工园项目经理看到我们产品经理好不容易来了，所以邀请我们一起参加。"

玲儿略带伤感地说："是不是以后出差的频率会很高啊，我一个人在这里，每天晚上回到这儿就快十点了，看不到你，房间里空荡荡的，第二天睁开眼睛也看不到你！"

小智叹了一口气后说道："我知道那种感觉，不好受。"

玲儿说："我觉得最近压力好大，有点喘不过气来，可能这份工作还是不太适合我。"

小智说："再试试看吧，如果实在不合适就再找找其他的试试。"

玲儿委屈地说道："嗯嗯，那你快点回来啊！"

小智说："我尽量。"小智此刻真想立马飞奔到玲儿身边。

因为有了在J化工园的项目经验，再去D化工园验收，就显得特别简单，项目很快就通过了验收。正当小智收拾好行李准备回深圳的时候，J化工园的领导找到小智一行人说："过两天，在端午节前，副省长可能会来检查，我们这个项目得按照我的新需求再改改。"小智一行人只好又赶去J化工园。经过综合分析，这次甲方提的需求是不可能在这么短的时间内完成的，但由于J化工园的领导施压，小智一行人只好加班两天两夜赶进度。当一切准备就绪后，J化工园领导却通知说副省长行程有变，这次就不来J化工园视察了……

这天正值端午节前夕，小智赶上了夜班飞机，到达深圳出租房已经是凌晨2点多。小智轻手轻脚地打开房门，看到玲儿已经熟睡，便帮她把被子盖好。正当小智脱衣服准备洗去一身疲惫的时候，玲儿微微睁开了眼睛，看到小智轻轻地说了一句："嗯，你回来了！"

小智说："是啊，你醒了。"

玲儿委屈地说道："你终于回来了啊，怎么现在才回来，我灯都没关，一直在等你！"然后紧紧抱住了小智的胳膊。

"是啊，终于回来了，唉，不容易啊，我先去洗个澡！"小智爱抚着玲儿的头说道。

玲儿画风突变道："快去吧，臭死了你。"说完便将身体缩回被窝继续睡觉。

　　第二天一早，两人趁着端午佳节，到D市看望玲儿的母亲。

# 第26章　榜样春晚

到了年底，Z公司突然将员工排练好的年会节目取消了，这意味着Z公司将进行大裁员。果然，没过几天，无论是和小智同一批进来的新员工还是在公司工作了数年的老员工，都被裁掉了一大半。小智很想趁这次裁员大潮换份工作，不仅是因为他心心念念的"守护生态环境，构建生态文明"十二个大字被拆掉了，还因为厂房般的抑郁氛围让他追寻的环保梦想似乎变了味。当然，如果被裁掉的话，还能多领一个月工资。但小智被领导看中了，并被调到新成立的设计研究院任职，小智没有推脱，他觉得不能辜负领导的一番信任。

另一方面，由于小智在一档公益采访节目担任主持人期间表现优异，被邀请到北京星光影视园参加榜样春晚的录制。小智告诉玲儿后，玲儿说道："这不正好吗？你说每年都要去一次北京的，今年还没去，这不正好是个机会吗？"

小智说："是的，又可以给自己一个借口去北京了。"

玲儿问："开心不？"

小智说："那还用说，只是……"

玲儿问："怎么了？"

小智说："北京距离深圳有点远啊，坐高铁的话，不现实，一来一回花费近两千了。火车的话，便宜些，但要三十个小时才能到北京，而我最多只能请一天假。"

玲儿说："那坐飞机吧，花个一千多元钱去完成你的愿望。"

小智听了玲儿的意见后，马上查了查飞机票，发现飞机票比高铁票还便宜，就立马订下了飞往北京的机票。

在去北京之前小智先履约参加了S单位的面试，去面试的大部分是毕业于北京大学、伦敦大学学院等知名高校的硕士博士。小智觉得笔试和面试的时候，自己表现得还可以，但在无领导小组环节，被其他前来面试的人"按在地板上摩擦"。当准备离开S单位时，小智回头看了看这个单位，总觉得自己在不久的将来会到这里工作。

小智到北京后，见到了从未谋面的组委会成员，他们一眼就认出了小智。虽然没见过，但大家在交谈中完全没有一点陌生感，小智见人手不够，立马化身成现场的一名志愿者。

小智从小就有着一腔保家卫国的热血，对人民子弟兵有一种强烈的敬仰之情。在排练晚会的时候，小智看到了很多退伍老兵，激动不已。其中一位老兵对小智说道："你这么喜欢我们吗？要不然我们拍张合照吧！"一开始，只有一个老兵和小智合照，慢慢地，又走来一个，又来一个……最后，小智的左右两边各站了三位老兵。而小智的表情也在随着人数的增加发生着变化，最后热泪盈眶。

小智在回深圳的途中，写下了一篇名为《写给后代的一封信》的文章，希望自己的后代正直、勇敢、有家国情怀。回深圳后，小智一边翻着手机里的照片一边将这次参加榜样春晚的经历讲给玲儿听。玲儿听得很认真，当即给小智竖起了大拇指，并说道："我相信，有朝一日，有机会的话，你也会成为像他们一样的大英雄、大榜样。"

小智说："小时候，我有这样想过，但和平年代，我只想把公益这件事继续做下去。"

玲儿说："你已经做了很多公益了啊，从大学开始，做环保、做助老、做禁毒，再到工作室，这些都是积极向上的事情啊！"

"我觉得吧，这就是人生的意义，不为钱权，燃烧自己，照亮他人，还能推动社会的进步，哪怕力量微弱，我也觉得值了。"小智紧接着说道，"但话又说回来，我觉得大城市中很多人都有点浮躁，好像生活的全部就是钱，其实我不太喜欢这种环境。"

玲儿说："你这么一说，是有点。所以你要更加努力啊，以后才能去帮助更多的人！"

小智说："穷则独善其身，达则兼济天下，一起加油吧！"

# 第27章　民间河长

玲儿下班回到房间时，看到小智睡着了，似乎在做着美梦，嘴角时不时地露出微笑。玲儿放下背包时，不小心弄出了响声，小智醒来，看到玲儿后迷迷糊糊地说道："你回来了，我刚刚睡着了。"

玲儿问道："你刚刚做了什么梦啊，那么开心？是梦到哪个小学妹了吗？"

小智说："啊？没有啊！"

玲儿说："那你还一直傻笑？"

小智说："有吗？可能是因为深圳的一百五十九个黑臭水体和一千四百六十七个小微黑臭水体已经全

面消除黑臭了，我刚刚梦到在河里游泳，河水既清澈又甘甜，是久违的小时候的那种感觉。"

玲儿说："哦，原来是这样啊！感觉深圳是真厉害，治理效率高啊，当然，这其中肯定少不了你们民间河长的功劳吧？"

小智说："做成这么大一件事情，大家都是有功劳的，这是各界一起努力的结果。"

玲儿说："不过，虽然消除黑臭了，但你梦到在河里游泳，我觉得这是不切实际的。"

小智说："你还真别说，政府说力争到2025年，实现全市主要河流水质达到可游泳的三类水标准。"

玲儿说："听起来不错，要不然你也带我去体验一下当民间河长的感觉吧！"

小智说："好啊，明天正好休息，我带你去离我们最近的新圳河看看吧！"

第二天，两人来到新圳河边，小智对玲儿说道："这和当医生是一样的，望闻问切，看颜色闻气味，问周边的人河流情况，也可以看看水体周边是否有偷排、违章搭建、乱倒垃圾的现象。有必要时，还会对水体做一下简易的检测，如果有情况就上报上去。"

玲儿说："这个挺简单的，有没有专业点的？"

小智说："民间河长主要起一个监督的作用，当然了，我们作为生活在这片土地上的一分子，可以多关注多调研多跟进，比如河流系统的生物多样性、生态基流的恢复、再生水的安全使用、路面保洁冲洗的污染转移、万里碧道建设是否符合生态环保原则……"

"咦？这个我好像在哪儿看到过。"玲儿想了想接着说道，"好像是你上个月发的那篇《我在深圳当民间河长》的文章里。"

小智惊讶道："原来你还看我公众号的文章啊，我一直以为你不关注这些东西的。"

玲儿说："你不是转发到了朋友圈嘛，我看到了后就点进去了解了一下。"

小智说："你说的那篇文章还被好些公众号转发了呢！前些天还被'广东智慧河长'转发了。"

玲儿说："那可是广东周边这一领域的权威啊！"

小智说："是的，但是他们转发时把这篇文章的标题改了！"

玲儿问道："改成什么了？"

小智说："《硕士下了飞机，做的第一件事竟然是……》"

玲儿说："这……"

小智说："不过话说回来，我觉得那个小编挺会的。"

玲儿说："哈哈，是啊。对了，这一百五十九个黑臭水体已经全部消除黑臭了，下一步要将水质提升到可以游泳的水平，那是不是民间河长能够出力的地方不多了啊？"

小智说："接下来的工作相对来说会比较专业，作为民间河长的确会有些使不上劲。所以，我下一步会逐渐离开民间河长团队。"

玲儿说："我记得你是有一年从M大学回来就加入'深圳民间河长'团队了，你和那些民间河长们相处得也挺融洽的，就这样离开，会舍不得吧！"

小智说："舍不得也没办法，得向着下一个具体的环保公益项目出发啊，况且大家都是做环保的，见面的机会还多着呢。"

玲儿说："我突然想到D市的河流，D市也应该要搞个民间河长这样的团队！"

小智说："主要我在D市的时间不是很多，要不然我就直接发起D市民间河长项目了。当然，若是有一天D市的民间河长团队需要我，我一定会尽最大的努力去帮忙的。"

玲儿问道："那你想好下一个环保公益项目具体是做什么吗？"

小智说："说实话，我暂时还没想到，不过在环保这个大方向里肯定是不会改变的。"

两年后，小智被D市全面推行河长制工作领导小组办公室聘为"D市民间河长"。

# 第28章　大鱼海棠

晚上，小智坐在公园的阶梯上，回忆起这六年来和玲儿的点点滴滴，又转过头来看着在一旁玩手机的玲儿，顿时觉得无比幸福。他暗自做了一个决定："多给自己一点压力，努力工作两三年，节约一点，把工资存起来，然后迎娶玲儿，她喜欢中式婚礼，那就许她一场中式婚礼。"

"但玲儿还没见过家长呢！眼看着就要过年了，这应该是个不错的机会！"想到这儿，小智便探起了玲儿的口风，问道："今年过年，你准备怎么过呀？"

玲儿说："怎么过？还不是像往常一样过！"

小智说："不是，我是说回D市过还是回大山里的老家？"

玲儿说："今年我爸妈应该会回老家，我应该也跟着回去吧。"

小智问道："那我呢？"

玲儿说："你也回去呗，各回各家，各找各妈！"

小智说："我一个人回去好无聊啊！"

玲儿说："难道你还要我陪你回去不成？"

小智说："你和我一起回去也不是不行，只是抢不到火车票了，深圳的春运也太恐怖了。我问问我妈，看看我妈有没有办法。"

随后小智联系了母亲彩云，正好彩云有个表妹在铁路局工作，她建议小智只买到省城的票，再转车去小智的家乡Y市，这样就方便多了。

小智向玲儿要了玲儿父母的微信，征求他们的意见。玲儿的父母觉得两个人在一起这么久了，都还是比较赞成小智带玲儿回家过年的。

随着回家的日子越来越近，玲儿有些紧张了，便对小智说道："要不然你一个人回去吧，这次我还没准备好，脸上还冒了几颗痘痘，下次再去吧！"

小智淡然一笑，说："没事的，我爸妈很好的，我认可的，他们就会认可，不用紧张。而且我都和你爸妈说好了。"

玲儿说："要不然这样吧，你回你家，我爸妈回老家过年，我一个人回D市就好了。"

小智说："不行，你一个人我不放心。你就跟我回我家吧！绝对让你度过一个终生难忘的春节。"

在小智的坚持下，玲儿最后妥协了。腊月二十八一早，两人便向小智的家出发了。在火车上，玲儿还是很紧张，只能通过与小智聊天来缓解紧张感。聊着聊着，玲儿突然盯着小智的头傻笑。

小智愕然："怎么了？突然笑得这么傻。"

玲儿一边笑一边回道："你头怎么这么大，怎么这么大啊，哈哈。"

小智说："头大不好吗？说明聪明呗！"

玲儿说："那你记忆力还那么差，事情都是秒忘，要不以后就叫你大头鱼算了。"

小智说："我感觉我现在的记忆力都变好了，

好不……"

小智的话还没说完，突然被座位左侧的一位中年大叔打断："大头鱼好啊，大头鱼，人人爱！"

玲儿和小智被这突如其来的"接梗"逗得哈哈大笑，玲儿反复摸着小智的头戏谑道："大头鱼人人爱，大头鱼人人爱啊！"

不知从什么时候开始，玲儿悄悄地把自己的微信名称改成了"大鱼海棠"。

## 第29章 快乐源泉

　　腊月二十八晚上八点左右，火车终于驶入了小智的家乡Y市。天气有些寒冷，母亲彩云和妹妹小丽早就到火车站租了一辆车在门口迎接玲儿。玲儿初识彩云，显得有些拘谨，彩云初见未来的儿媳，反倒有些兴奋。玲儿娇羞地喊了声"阿姨"，彩云和蔼地应了声"哎"。

　　小智和玲儿还没吃晚饭，彩云就让司机直接开到一个饭店里。花甲、蟹腿、辣椒炒肉……一盘盘美食让玲儿和小智这两个久处广粤之地的湖南人吃得不亦乐乎，小丽更是吃得津津有味。殊不知，这是小智家为数不多的下馆子。

饭后坐车回家，车最终在一栋农村小楼房前停下，空中的雾气、道路旁的树木、屋后的草坪与这个房子形成了一种诗意。进到屋子后，小智被彩云的"大手笔"——一箱车厘子、两箱猕猴桃、两箱杧果、一箱柚子、一箱橘子给吓到了，小丽却很开心。

玲儿很有礼貌地和小智的父亲新仁打了招呼，可是发现新仁只是礼貌地微笑，不善言辞，耳朵里还戴着个什么东西。这时，玲儿想起来小智以前和她说过的："父亲耳朵不好，听力受损严重。"新仁耳朵里戴着的这个东西应该就是小智用毕业后的第一份工资给他买的助听器。玲儿盯着小智看了一会儿，小智以为玲儿是觉得生疏，便对玲儿说："没事，把这里当成自己家就好了。"实际上玲儿是被小智的孝心感动了。

在烤火的时候，彩云看到玲儿脸上有些痘印，就泡了一杯绞股蓝茶给玲儿喝，并给了玲儿一种软膏，说："喝这个茶，晚上睡觉时涂些这个药膏，过几天这些痘印就消了。"

夜上浓妆，玲儿和小智的家人唠了会儿嗑就去睡觉了。

第二天，玲儿醒来，发现小智好像不是很高兴，便问道："怎么了？看你愁眉苦脸的。"

小智说："你看一下今天的头条，E省出现了变异蟑螂咬人事件，仅今天被咬的就高达131人。而且蟑螂外号'小强'，不易杀死，繁殖能力还极强，搞不好会是人类的一场浩劫啊！"

玲儿说："乌鸦嘴！别胡说。不过一天内有这么多例，的确有些可怕。旁边不就是E省吗？我们这里会不会也有什么危险啊？"小智看了看玲儿，一副若有所思的样子。

一大早，小智就带玲儿见了自己的爷爷、奶奶、姑姑、外公、外婆、舅舅、阿姨、表弟等一众亲人，玲儿还收获到了意外的红包。下午，小智带着玲儿到镇里的草莓园里采摘又红又甜的大草莓。

彩云正准备做晚饭，一个叔叔打电话过来说："听说小智带女朋友回来了，晚上带他们来我家吃饭吧！最近我不是在学做烧烤吗，今天准备了很多食材，烧烤、火锅都有。"于是，彩云、新仁、玲儿、小智、小丽、姑姑、表弟剑剑举家向那位叔叔家进发。不得不说，这烧烤和火锅的味道不比饭店的味道差，而且是自己做的，吃得也放心。

吃完烧烤后，大堂弟卓卓也过来了。小智和往年一样，和卓卓、剑剑一起陪爷爷打"巴十"。玲儿坐在旁边看着，虽然很努力地看，但始终没能看懂这个扑克游戏到底怎么玩，只是觉得这种氛围真好，忍不住想起了自己的爷爷奶奶。

玲儿感觉在这里好快乐，完全没有在深圳的压抑感。

# 第30章　纸短情长

●●●●　●●●●

　　大年三十零点，玲儿已睡着，但小智却有些心神不宁，实际上在傍晚陪爷爷打牌的时候，小智就有些心不在焉，心里头一直记挂着变异蟑螂咬人事件。所以在睡觉之前，小智又用手机捋了捋网上的数据，最担心的事情果然发生了，小智发现腊月二十九这天竟然又有八百多人被变异蟑螂咬伤，而且在之前被咬伤的人中有二十四个人已经去世。于是，小智穿好衣服，从玲儿的文件袋里拿出一张空白的A4纸，坐在客厅的火箱旁写下了请愿书：

尊敬的党委领导，我是村民小智，从E省暴发的变异蟑螂已向全国蔓延，此蟑螂携带的X细菌对被咬者来说是致命的，我市临近E省，所以，我主动申请参加此次进村宣教及救护工作，我将不计报酬，不计昼夜，不计生死，随时待命，服从组织安排……

这时，传来玲儿的声音："小智，你在上厕所吗？怎么还不休息，都这么晚了！"

小智说："马上，马上去睡。"说完，小智在请愿书上按上了自己的红手印。

大年三十早上，小智便和村委委员到高速路口排查E省返乡人员，若是从E省返乡的，则严格对车辆及物品进行消杀，确保不会将变异蟑螂带进Y市。这天晚上，小智将请愿书拿给彩云看，彩云表示自己是支持的，并说："如果需要我，我也愿意去。"

征得母亲同意后，小智又将请愿书拿给玲儿看，玲儿虽然内心不想小智去做这么危险的事情，但嘴上却说："可以啊，这是你为自己的家乡做贡献的时候，但是在外面一定要注意保护自己啊！"本来决定大年初四就一起回深圳工作的他们，当即退票，继续留在家乡。

随着被变异蟑螂咬伤的人数一天天增加、死亡人数一天天增加、从E省返乡的人越来越多，小智感觉到责任越来越重，压力也越来越大，小智晚上躺在床上胡思乱想，很害怕自己被咬后祸及家人，但一到白天这种害怕感便被抛之脑后，只知道要继续做好这份保卫工作。

玲儿毕竟是身处异乡，在这个陌生的环境里，远离亲人的她感到非常孤独，但一想到她所爱的这个男孩在做一件了不起的事情，想到这个男孩肩负起的责任与担当，想到小智的家人对自己还是很不错的，心中便有了暖意。

一天，小智接到区委宣传部打来的一个电话。原来是有人推荐了小智，想将小智保卫家乡的事迹作为典型宣传，增强区里人民战胜变异蟑螂的决心和信心。经过简单的了解后，对方想要小智提供一张近期工作时的照片。这却把小智难住了，因为在做这份工作的时候，小智根本就没想到要留影。当天下午，小智和乡村医生给村民家消杀变异蟑螂时，才拍下一张可以用于宣传的照片。

拍完照片后，小智看到许久未见的亲戚在晒太阳，本想走上去打个招呼，却被亲戚阻止道："你不是在做消杀变异蟑螂工作吗？暂时还是离我们远点吧！"当听到这话的时候，小智愣了一下，然后马上说道："好，好！"当时小智的心里并没有任何不愉快，反而很高兴，因为这说明这些天的宣传有效果，大家越来越了解变异蟑螂的毒害性。

这些日子，被咬和死亡的人数还在不断增加，从E省回村的人数达到了好几十。小智已做好了最坏的打算，于是他又写下了两封信，一封给彩云，一封给玲儿未来的老公。给彩云的信大致内容是：

> 每个人都会有死的时候，生命长一点短一点其实都不重要，重要的是你的儿子是光荣的，你应该感到骄傲，所以不必太过伤心。我这半年的工资加上研究生期间的奖学金一

共还有三万五千块钱，本打算过年的时候给你一个惊喜，但一直忘记了。我本来打算死后将身体捐给国家，但目前看来，只能立即火化了。对了，妹妹还小，虽然成绩不好，但其实很懂事，不要过多责骂她……

至于小智写给玲儿未来老公的信，内容就不得而知了。写完后，小智将这两封信藏在衣柜的上方，以防万一。

# 第31章　有面足矣

转眼，小智在村里、镇里一连工作了十二天。这天吃晚饭的时候，小丽突然问道："哥哥，你记得明天是什么日子吗？"

"明天？"小智迟疑了一下，反问道："是指我的生日？"

小丽点了点头，然后自言自语道："可惜，蛋糕店没开门，那送什么礼物好呢？"小丽看着小智突然笑了起来，说："哥哥，看来你今天的心情挺不错的！"

小智高兴地说道："是啊，你知道吗？昨天我们市有一个被变异蟑螂咬了的患者出院了，这就是希望啊！"

小丽说："明天出院的肯定会更多。"

小智说："我也希望如此，这样，前线的医务人员就可以早些回家和亲人团聚了。"

小丽说："肯定会的，明天是哥哥的生日嘛！愿望会成真的。"

小智看着妹妹可爱的样子回道："哈哈，出院人数一天比一天多。"

晚饭过后，小丽找到玲儿："姐姐，明天哥哥生日，可是蛋糕店没开门，要不然，我们明天早点起，在哥哥去镇政府之前，一起做碗面给他吃吧！"

玲儿说："这个主意很好，他应该会喜欢的，就这么决定了。"

晚上玲儿对小智说道："你明天七点多就要去镇里，早点休息吧，明天你妹妹还有惊喜给你。"小智点了点头。由于太累了，一碰到床，小智就睡着了。

第二天一早，只听彩云敲门道："小智，起床了吗？刚刚你妹去给你做面，不小心摔了一跤。"

小智瞬间被惊醒，连忙拿上外套赶去厨房，只见小丽在煎蛋，便焦急地问道："没有摔伤吧？摔到哪儿了？"

"没什么事，就是上楼梯的时候不小心滑了，膝盖磕到了。"小丽回道。

"那还痛吗？"小智接着问。

"不痛！"小丽想都没想就回答道，然后继续煮面。

这时，镇政府的张主任打电话过来了："小智早上好！"

小智说："张主任早！"

张主任说："我快到你家门口了，你准备好了吗？"

小智说："嗯嗯，随时可以出发。"

玲儿见小智很急的样子，便帮妹妹一起捞面。小智只猛扒两口面，便放下碗筷，出去与张主任会合了。

晚上回到家，小智见小丽好像有些不高兴，以为是因为膝盖痛，便想问小丽，没想到小丽先开口说道："哥哥，你生日，我都没送你礼物呢！"

小智笑道："心意在就够了啊！而且那碗鸡蛋面就是最好的礼物呀！"

小丽听后又开心了起来，说道："是长寿面！"

小智说："对，对，对，是长寿面，哈哈！对了，你膝盖还痛吗？"

妹妹说："不痛了，早就不痛了。"

这时，玲儿过来问道："今天去镇政府主要是做什么工作呀？"

小智回道："省里搞了一个信息系统，我和一个小伙子把一百二十二个从E省返乡的人员的信息录了进去。可能因为是新系统，还不稳定，一波三折。不过，最后还是都录好了。"

玲儿说："那就好，对了，今天有个好消息，你看了吗？"

小智好奇地问道："你指的是？"

玲儿说："你生日这天Y市被变异蟑螂咬过的患者，一口气出院了五个！"

小智说："我看到了，这时候来这种消息，真的很振奋人心啊！"

玲儿说："是啊，真希望这件事快点过去。"

小智说："我还要做一份Y市的咬伤情况数据分析，明天Y市一网和Y市在线应该就会发布我的这篇文章，希望这篇文章能够让大家更有信心。我们是一定能够胜利的！"

玲儿赞叹道："真棒，加油啊！"

# 第32章　吾爱玲玲

　　玲儿本想和小智一起到镇里、村里工作，但是她的公司要求从初七开始就给学生远程上课，于是玲儿不得不开始了繁忙的备课、上课、检查作业。

　　不久后，Y市只剩下了最后一个被变异蟑螂咬伤的患者。

　　玲儿说："时间过得好快啊，你在村里工作都一个多月了吧！感觉现在蟑螂没有之前那么可怕了，之前我看到蟑螂都吓得要命。而且，现在马路上的车又多了起来……"

　　小智说："是啊，我们也要准备回深圳了。"

玲儿说："你这次为家乡做了这么大的贡献，还是主动请愿，直面生死，Y市或省里应该会对你搞个表彰之类的吧？"

小智淡然一笑，说："可能吧！但表不表彰的不重要，只要大家平安就行。"

随即，小智便订好了去往深圳的票。因为深圳的变异蟑螂还未完全清除，所以近段时间最好不要在外面吃饭，或点外卖。小智的母亲就给小智买了一个新电饭煲，并准备了很多菜，要他们到深圳后自己做饭吃。

晚上，小智将藏在衣柜上方的两封信撕碎，并将自己所存的三万五千块钱全部拿给彩云，用来还盖房子和自己读书时所借的钱。

彩云很高兴，趁机问道："你觉得要给玲儿多少钱？"

小智说："我不晓得，随你啊！"

彩云说："我一个朋友的儿子带他女朋友回来，给了一千块钱，我看其他家也都差不多是这个数。"

小智说："我无所谓，你要是没钱，不拿也可以，你要是有钱，拿一万都没问题。"

彩云说："要是真这么有钱的话就好了，你又不是不知道咱们家的情况，你爸总是做很久的工都看不到一分钱。"

彩云拿出钱来开始数："一百，两百……一千八，一千九，两千……四千九，五千"，反复确认后说道："要是谁给我这么一叠钱，我会高兴好几年！"

这时，小智犹豫了一下，说："妈，真的要给这么多吗？爸爸流血流汗，做三个月可能都赚不了这么多钱！"

彩云说："你不是说给一万都可以吗？怎么，舍不得了？她要是你的，五千块钱算不了什么的，你们以后也可以一起赚嘛！"紧接着，彩云又拿了两张百元大钞放到一起说道："凑个好听的数字！"

随后，小智到房间将玲儿叫了出来。彩云把红包递给玲儿说道："这是给你的红包。"

玲儿被这个厚鼓鼓的红包惊到了："哇，阿姨……我……我……"

彩云见玲儿不好意思要，便将手再向前伸了一点：

"快，拿着吧！"

玲儿不好拒绝，只得收下了。回到房间，玲儿拆开红包，手法很不熟练地数着这一大沓钱："一，二……四十八，四十九，五十，六十，七十，居然有七千块钱！"

小智在旁边哭笑不得，说："数错了，你再数数！"

玲儿又数了一遍，还是七十张。小智便嘲笑道："果然数学不怎么样，你数学老师教你数数，五十后是六十吗？"

这时玲儿才明白，说道："五十二张，这么多！你不是说你们这边一般只给一千的吗？"

小智说："还不是因为有我在，还不是因为是你啊！"

玲儿说："那有什么寓意吗？"

小智说："我也不知道，520，我爱你？"

玲儿疑惑地说道："可是这又不是五百二，是五千二啊！"

# 第33章　忆曾祖母

在离开Y市的前一天，玲儿问小智："你之前不是说你们这离你家老房子不远吗？我想去看看你儿时住过的地方。"

小智回道："不远，可以走路过去，我们现在就可以去的！"

在去老房子的路上，玲儿又问道："你曾说你曾祖父曾祖母特别喜欢你，他们喜欢吃荔枝桂圆，你还许诺长大后要一车车地买给他们吃。"

小智说："那个时候家里穷，荔枝桂圆都是宝啊，只可惜……我的这个承诺永远都实现不了了。"

玲儿安慰了小智后，小智继续说道："那个时候我妈的记忆力很差的，有一次她就开玩笑地对我曾祖母说自己的记忆力差，在曾祖母百年之后，她可能都记不住曾祖母的忌日。然后曾祖母对我妈说道'你一定会记得的，伢子，你对我这么好……'别不信，她真是这么说的，虽然是以开玩笑的口吻。"

玲儿听得很认真，问道："那后来呢？"

小智说："后来，在我妈生日的前一天晚上，她一边和曾祖父曾祖母聊天，一边准备第二天的菜。曾祖母就是那天晚上去世的，而给曾祖母送终的就只有曾祖父和我妈两个人。"

玲儿接着说道："所以，你曾祖母去世的日子，阿姨是肯定不会忘记的了。"

小智看了看玲儿，说道："对啊！你知道吗？我妈二十岁就生下了我，在农村，生孩子是很早的，如果上了三十岁再生孩子，就属于高龄产妇了。"

玲儿点了点头，说道："这个我知道，我们那边也是这样的。"

小智说："我清晰地记得，一天上午，我在楼上房间玩，曾祖母的干女儿到我房间叫我，说我曾祖母要和我说些事情。"

玲儿不解："噢？"

小智继续说道："然后我就过去了，曾祖母说'你妈妈不在家，我就和你说，你一定要切记在心。'我说好。然后她说她有一个遗憾就是没有女儿，希望我妈妈再给我生一个妹妹，她将名字都取好了，叫荷香，还让我劝妈妈有了孩子的话一定不要打掉。"

玲儿说："现在看来，你曾祖母的愿望成真了啊，但你妹妹肯定觉得'荷香'太土气了吧！那时候离你妹妹出生还有几年呀？"

小智挠了挠头，不确定地说道："具体相隔几年我记不清了，但我妹妹是在曾祖母去世后两年才出生的。"

玲儿羡慕地说："你们家挺喜欢女孩的！"

小智回道："当然了，男孩生的多了嘛！我曾祖母也希望我二叔和姑姑生个女孩。不过我二叔已经有两个儿子，不会再生了。她心里就想让我妈妈和姑姑都再生一个，还给取好了名字。"

玲儿问："那姑姑家女儿叫什么名字啊？"

小智说："姑姑家女儿的名字可比荷香好听，叫'玉缘'，一方面是希望她可以像表弟玉剑一样聪明睿智，另一方面，这事强求不得，还得看缘分！"

玲儿突然说道："你曾祖母还是很开明的，就是她最早提出想让你出国读书吧？"

小智点点头："是的，她希望我将来可以漂洋过海，看看不同的人和事，提升自己的眼光。"

玲儿问："那你当时怎么想？"

小智笑了笑，说道："我不记得当时的想法了，但应该是觉得不可能，在我们村出个大学生都非常困难了，还漂洋过海，即便我们家有人出国，也不可能是我，只可能是剑剑，因为他从小就很聪明。"

玲儿说："看得出来，你很看重和喜欢你表弟呀！"

小智回道："当然了，和我从小一起长大的就这么两个弟弟，我都非常喜欢。"

两人聊着天，不一会儿就到了老房子这边。老房子太久没人打理，显得很沧桑，小智就开始清扫灰尘，擦拭桌椅。

　　玲儿坐在小智擦拭好的凳子上，看了看这栋见证了小智童年的老房子，听着小智讲起他和曾祖母之间的故事，恍然间有一种跨越时空之感。

# 第34章 这就是爱

小智和玲儿回到深圳后，吃了半个月的腌豆角和腊鱼腊肉，直到从老家带的菜所剩不多才去菜市场买新鲜菜。两人将菜买回家后，玲儿突然对小智说道："我们家都是男的厨艺特别好，我爸，我叔叔，我弟，我姐夫，都是如此。"

小智笑了笑，说道："你过年去我家，看到是我爸做饭还是我妈做饭？"

玲儿说："你妈。"

小智说："那是我爷爷做饭？还是我奶奶做饭？"

玲儿说："你奶奶！"

小智说："所以喽！"

玲儿说："唉，你是不会做饭吧？"

小智说："我怎么可能不会，以前我妈出去打工，我不想去奶奶家吃，每天的饭都是我做的，不过我已经很久没做了，毕竟有我妈在。"

玲儿说："也是，你妈怎么舍得让你做饭。"

小智说："说吧，你想吃什么，看我给你露一手。"

玲儿高兴地说："我想吃好吃的！"

回到家后，小智负责做荤菜，玲儿负责炒青菜。很快，一顿饭就做好了。吃久了腌豆角和腊鱼腊肉，吃些新鲜菜，简直就是山珍海味。

吃了几天小智做的饭菜后，玲儿和小智说道："我怎么觉得我吃你做的辣椒炒肉吃出了自然的味道？"

小智疑惑道："哦？自然的味道？是说我做的菜绿色健康吗？"

玲儿摇了摇头："就是味道有了，少了一点灵魂，放些蚝油或味精也许会更好！"

小智说："别吃那些东西，吃多了不好，菜里面放油和盐就行了。"

玲儿说："但大家不是都这么吃吗？"

小智说："我们家就没有。"小智虽然嘴上这么说，但第二天就买了味精、蚝油回来。在小智和玲儿都恢复正常上班后，小智下班做的第一件事就是骑着单车到菜市场买菜，每天变着法子做菜，什么柠檬凤爪、泡椒炒牛肉、小炒空心菜……玲儿一回到家就能吃到可口的热饭热菜。

一天，玲儿在不经意间听到小智和彩云打电话时说他的裤子基本都穿得"油光满面"了，但是小智觉得网上的裤子有点贵，准备过段时间再买。三天后，玲儿就买来一件短袖和一条裤子给小智，看得出小智挺开心的。第二天，玲儿拿来了两个快递，说让小智帮忙拆一下，小智拆开第一个快递发现是两个抱枕，第二个快递是件男士衬衫，小智试了试，觉得有点大，玲儿咨询完客服后说道："我刚刚问了客服，她说不能退，因为上面有刺绣。"但小智好像并没有听到这句话。

又过了一天，玲儿将一个小盒子递给小智说道："给你的。"

小智好奇道："是什么呀？"

玲儿说："你肯定喜欢，打开看看吧！"

小智打开一看，发现是个水晶小地球仪。不难看出，小智虽然嘴上没说，但心里蛮喜欢这个小玩意的。

这时，小智突然反应过来，说："最近你好像买了很多东西啊？"

玲儿说："是啊，我们不是在一起七年了吗？我准备了七件礼物给你！"

小智说："实际上是在一起六年，今年才是我们在一起的第七年！"

玲儿说："啊？才六年啊，我以为是七年了呢！原来七年之期还没到啊，别人都说三年之痛七年之痒，也不知道我们能不能在一起七年。"

小智说："事在人为，我才不信邪。对了，你说有七件礼物，是哪七件啊？"

玲儿说："既然是在一起六年，那就只有六件了！第一件是前段时间给你的止汗露，第二件是抱枕，第三件是那件绣了字的长袖衬衫，第四件……"玲儿还没说完，就被小智打断了："绣了字？绣了什么字啊？"

玲儿说："你看你总是这么敷衍，就是那件你说大了，扔在柜子里的那件。"

小智立马打开柜子找到那件衣服，仔细一看，在衣服的袖口处绣有自己和玲儿名字的英文首写字母。顿时感动不已。这时，玲儿说道："哼，说了你平时很敷衍吧！"

小智回道："我那天看到字母了，但我以为是这袖子上本来就有的，看起来就好像是某个品牌的logo一样。"

玲儿说："哦，好吧！是有点像。"

小智继续说道："那还有三件礼物就是裤子、短袖和那个水晶地球仪摆件喽！"

玲儿说："你终于对了一次了。"

小智想一把抱住玲儿，但被玲儿以迅雷不及掩耳之势轻松一闪躲开了。

# 第35章　香水有情

经姐夫大宏介绍，玲儿成功获得了D市一家学校的offer，这也意味着玲儿将要离开深圳。而小智则被S单位录用了，在圆满完成Z公司的一个项目定版后，小智就到S单位附近租了一个小单间。

转眼，又是一个暑假，彩云带着小丽来深圳看望小智。这天一大早，小智和玲儿便来到火车站。两人到火车站后，玲儿实在是太饿了，想吃点东西，就在站里找到一家早餐店。

玲儿点了一碗面，小智一看菜单，最便宜的面都要二十五块钱一碗，小智纠结了一下，说道："我不饿，你自己吃就好了。"不一会儿面来了，小智看着玲儿吃得可香了，一低头发现自己的肚子在咕咕直叫。

玲儿见状，拿起一双筷子递给小智，说道："一起吃吧！"

一开始，小智斩钉截铁地说不吃，但当玲儿把面夹到他嘴边的时候，小智再也忍不住了。尝到味道后，小智端起面碗喝了两大口汤，小声地说道："没想到，还挺好吃的！"

这时，小智的电话响起，彩云和小丽出站了。

小丽又长高了不少，一出站就黏着玲儿聊这聊那的。让玲儿没想到的是，平时那么抠的小智，这次回去居然没有坐公交，而是打了一个车，可能是因为打车的价格比四个人的公交费多不了多少吧！

彩云和小丽来深圳的这几天，天气燥热无比。彩云在小智没有排气扇的小出租房里，每做一顿饭必是大汗淋漓，小智看了很心疼，有好几次想自己动手做饭，但都被彩云拒绝了。

小智想起母亲一直想到香港买一瓶香水，因为她觉得那个牌子的香水很好闻。小智想着深圳应该也有，于是在问到了香水的牌子后，四人就坐车来到了香水专卖店里。小智定睛一看，最小瓶的香水居然都要八百多块钱，心想："这么一点点水，到底是什么做的啊，居然这么贵。"但即便这样想，小智还是做好了给母亲买一瓶的准备。

彩云犹豫了很久，问了好几次玲儿觉得哪一种好闻。玲儿说："我觉得这个绿色的蛮好闻的。"

于是，彩云就让售货员拿了两瓶绿色的香水，并对小智说道："这些我用个十年应该没问题。"

小智心想："即便用十年，一年也要一百多块钱，也不便宜啊。不过妈妈好不容易来一次深圳，她喜欢的话就给她买吧，只要她开心就好。"

小智和彩云在商场柜台结账的时候，彩云没有让小智付款，而是拿出一沓现金买了单。付完款后，彩云拿了一瓶香水给小智，并示意小智道："给玲儿一瓶。"这时小智才反应过来，为什么母亲要买两瓶。同时也在反思自己是不是太木讷了，怎么没反应过来呢！

回到专卖店后，小智将香水递给玲儿："喏，给你的！"

玲儿一脸惊讶："啊，真的吗？"

彩云笑道："真的，就是给你的，拿着吧！"

"谢谢，谢谢阿姨。"玲儿激动地说道。回去后，玲儿拿着这瓶香水看了又看，闻了又闻，好生喜欢。

按理说，玲儿有了香水会开心好一阵子，但还没两天，小智就发觉玲儿有点不对劲，看起来闷闷不乐的。小智再三追问才知道玲儿的弟弟毛毛陷入了校园贷的风波中。玲儿只好暂别小智一家人，回到D市处理这件事情。

玲儿一家召开了家庭大会，经过各方努力，终于把校园贷这个坑给填上了。也因此，玲儿的父亲远赴广西打工还债。

一天，玲儿接到小智的消息说彩云在深圳有些不太适应，而且家里还有些事要处理，所以明天就要和妹妹回Y市了。玲儿的父母知道后，让玲儿赶紧去深圳送送彩云和小丽。

第二天一大早玲儿就来到了深圳，还给妹妹买了她喜欢吃的鸭脖。等到中午时分，小智才从S单位回家，玲儿快认不出小智了，因为小智的脸、胳膊和脖子黑了不知道多少度，虽说以前的小智算不上白白嫩嫩，但和眼前黑得发红的小智判若两人。

小智注意到了玲儿疑惑的眼神，说道："这是你回D市的第二天，我到户外拍摄时晒的。"

玲儿说："你能晒成这样我也是服了，不就拍了半天吗？我还留了防晒霜在这里的，你怎么不涂呢？"

小智说："我也没想到会晒成这个样子，而且一个大老爷们儿谁涂这种女孩子用的东西啊。"

玲儿说："真的是钢铁直男，都黑成这样了！"

小智说："我相信我自己，过一段时间就能恢复的。"

玲儿说："希望吧。"

玲儿想到彩云和小丽还没吃过海底捞，就提议在她们回去之前吃一顿海底捞。临近下班的时候，玲儿带着彩云、小丽到了海底捞，小智则在下班后走了将近二十分钟才到。玲儿在商场门口看到匆匆赶来的小智，问道："怎么了，一身汗。"

小智说："没事没事，只是这路程比我预想的要远啊。"

玲儿说："现在天气这么热，你不知道搭个车啊。唉，算了，反正说了你也不听。阿姨她们已经在里面等了好久了，先去吃饭吧！"

小智点了一些菜后，问彩云想吃什么，彩云笑了笑说道："我刚刚吃水果、喝饮料都饱了，你们点吧！"

小智知道母亲是怕花钱，就没有说什么，只是默默地加了一些菜。等菜上齐后，小智叫大家多吃，并给彩云和小丽夹了菜。

饭后，两人将母亲和妹妹送到了火车站。

晚上，小智和玲儿一起逛商城，玲儿看到一双很喜欢的鞋子，但价格有点贵，要一百七十多块钱，小智本来想给玲儿买下来的，但玲儿说算了。走在回去的路上，小智问玲儿："今天吃晚饭的时候，你好像有点不开心，怎么了？"

玲儿看了小智一眼，说道："你竟然看出来了，那你可知是为什么吗？"

小智迟疑了一下，试探地说道："难道是菜不好吃？"

"果然是个木头！"玲儿白了小智一眼。

小智努力回想了一下，恍然大悟道："是因为忘记给你夹菜了吗？"

玲儿轻轻叹了一口气道："罢了，罢了，下不为例！"玲儿接着问道："对了，你参与拍摄的那个片子的名字叫什么呀？什么时候播出啊？播出时长大概是多少？"

小智说："我听导演说好像叫《凡人英雄》，主人公一共有六个人，我的时长可能有三十秒钟左右，具体什么时候播出，在哪里播出，我也不知道。"

玲儿说："拍了这么久，播出才三十秒啊！"

小智说："是啊，经历了这次拍摄，我才知道原来演员也是不好当的。"

玲儿摸着小智被晒得发红的脸颊，说道："演员本来就不好当，你才知道啊，而且这阳光是有毒啊！要不然给你喷点香水吧？"

小智没get到玲儿的点，便懵懵地问道："为什么？香水又不是药，喷香水就会好起来吗？"

玲儿笑着回道："虽然阳光有毒，但是香水有情啊！"

# 第36章  七年之劫（上）

　　玲儿回到D市后，一直在为学校教学做准备，而小智工作忙碌，玲儿每次给小智打电话发信息，小智都回得很简单敷衍。渐渐地，两人之间的距离好像变得越来越远。殊不知，一场情感劫难正在悄然来临。

　　这天，玲儿到深圳收拾东西，来之前打电话给小智，但却怎么也打不通，也给小智留了言，但迟迟没得到回复。玲儿一头雾水，心想等小智下班后和他好好聊一聊。

　　玲儿在出租房里整理东西的时候，发现桌子上摆了一个鞋盒，怀着好奇心打开一看，居然是自己之前在商场看中的那双鞋子，小智居然将其买了下来。玲儿拿出手机，一看时间，距离小智下班已经半个小时了，于是玲儿再一次拨打了小智的电话。

"嘟……对不起，您拨打的电话正在通话中……"电话被无情地挂断了，又打了一个，仍然被挂断。玲儿越想越来气，而这个时候接玲儿回D市的钢哥过来了，两人便开始搬行李。当搬到只剩最后一个行李箱时，玲儿回到房间拿起小智另一个不用的手机，给小智留言道："不说再见了，一别两宽，各生欢喜，此生不再相见。"玲儿带着失望的心情，拖上最后一个行李箱，关上门正准备离去，一回头撞见了小智。正在气头上的玲儿拖着行李箱从小智的身边走过，小智从背后拉住了她，问道："怎么了，去哪儿啊？"

玲儿气愤地吼道："你走开，我还有行李在下面。"小智不知所措地说："这么晚了，你去哪啊！"但此时玲儿已不想再多说什么，她推开小智的手，把钥匙丢给了小智就转身离开了。小智愣在了原地，因为背包实在是太重，就想先将背包放进房间，等小智推开房间门的时候，发现房间里干干净净的，玲儿把属于自己的所有东西都清走了。于是，小智立马飞奔到楼下寻找玲儿。可是，却连玲儿的一点影子都没看到。

小智从马路这头找到那头，又从那头找到这头，还是无果。小智很担心玲儿，就借旁边裁缝店师傅的手机拨通了玲儿的电话。小智急切地问道："你现在在哪儿啊？"

玲儿冷冷地回道："已经在回D市的路上了！"

小智紧接着说道："这么晚，你知不知道很不安全啊，你给我回来，要司机开回来。"

"别说了，我想静会儿。"玲儿说完就把电话挂断了。

电话被玲儿挂断后，无论怎么打都打不通了，小智只好给毛毛打电话，从毛毛口中得知是钢哥接玲儿回去的，这下小智心中的石头总算是落地了，嘴里念叨着："是钢哥就好，是钢哥就好。"

此时天空下起了雨，且雨越下越大，被淋了个落汤鸡的小智思念着玲儿，这七年的故事一幕幕浮现在眼前。

　　回到家中，小智看到了玲儿在另一个手机上的留言，小智心里很清楚，玲儿要不是伤心欲绝，是不会把所有的东西都搬走的，而且还留下那么一句话。

　　在回D市的途中，钢哥指责了玲儿几句："你们这是乱来，怎么还像小孩子一样，二十几岁的人了，一点都不成熟。"但倚靠在座位上的玲儿好像一点儿也听不进去。

# 第37章　重温美好

玲儿走后，小智辗转难眠。突然，他想到了一个人——大伶。大伶是玲儿家族中学历最高的，她识大体懂礼节，过着令人羡慕的幸福生活，就在不久前，还喜得爱女。

小智给大伶发信息："姐姐，休息了吗？"

大伶见小智这么晚了发信息过来，料想一定有什么事，便回道："还没，刚刚在收拾东西，明天回一趟老家。"

小智没转弯抹角，直截了当地说道："我觉得我做错了一件事，但是说来话长，玲儿今天搬离了深圳。"

大伶诧异道："什么？你们怎么了？"

"我今天回来得晚，等我回到家时，她已收拾好了所有东西准备回D市了，还删了我的微信。"小智委屈道。

"闹矛盾了吗？还是昨天的生日礼物她不满意？"大伶试探性地问道。

小智说："我昨天买了礼物，但是要上班，还没送出去呢。是一双她喜欢的鞋子……"

大伶说："礼物应该不是关键所在，她以前有因为生气删你好友吗？"

小智说："有，不止一次，但是我后来说不要再删我好友，这是底线，她就三四年没删过了。"

大伶说："问题应该不大，周末来D市哄哄她就行了。估计是她刚离职，又碰上毛毛那事，情绪上有些敏感，你刚好比较忙，没照顾到她的情绪。只要不是原则上的问题，应该很好解决的，到时你过来哄一下就好了，记得带上花，不要觉得贵，这个很重要……"因为大伶第二天要回老家，小智和她聊了一会儿就道了晚安。

这周五晚上八点左右，玲儿在天台跑步，突然间看到楼下有一个穿白色衬衫的人影好像是小智。玲儿伸出头想看得仔细一些，但那个身影转眼就不见了。这时，玲儿的手机响起，是小智打来的，玲儿不免有些疑惑：难道刚刚那个人真的是小智？犹豫间，又一通小智的电话打过来了，玲儿心想这么晚了应该不可能，就把电话挂了。在连续响了几通电话后，玲儿只能接了。在小智的软磨硬泡下玲儿最终答应出去见小智一面，她觉得有些话还是要当面说清楚。

当玲儿看到小智真的来D市了，心里还是不免有些诧异。

玲儿生气地说："你还来干什么？"

小智说："来看你啊！"

玲儿说："没什么好看的，你走吧！当时我给你打了那么多电话，你都不接，现在还来干什么？"

小智说："那天我正好出去和一个做净水器的老板谈事情，手机静音，也不好接电话啊。"

玲儿气愤地说道："那之前我有给你发消息，你也没回复，后来打电话也打不通！是不是把我拉到黑名单了？"

小智说："怎么可能把你放到黑名单里……我知道这段时间你离职，又碰上毛毛这事，压力很大，心里不好受。"

玲儿说："你还知道我压力大啊，那我伤心的时候你干吗去了？"

小智挠了挠头，说道："你知道毛毛发生这件事后，我不是陪你出去散心了吗？前期我不知道自己能做什么，就只好安静地陪伴了。"

玲儿看了小智一眼，沉默了。小智看玲儿不说话，又继续说了很多心里话："可是，有些事，你从不主动和我说起，我又不是你肚子里的蛔虫，你不说我怎么知道呢？"

玲儿叹了口气接着说道："你对我的好，我知道！就是感觉你有时候很好，有时候又很可恶。"

小智笑了笑，叮嘱玲儿在原地等一会儿，便转身离开了。

不一会儿，小智从玲儿的身后走出来，左手抱着一个盒子，右手抱着一束满天星，这是玲儿一直想要的，而且上面还有灯饰。接过花后，玲儿将目光看向小智抱着的盒子，一眼就看出来是那双鞋子。这时，玲儿说道："可是我的生日已经过了呀！每次我生气了，你才拿这些东西来哄我。罢了，我在乎的从来都不是物质方面的东西。"

小智说："你知不知道你走后，我在雨里淋了好久，就感觉自己当时在演电影一样，那雨还越下越大，下到后面简直就不是下雨了，是泼雨。"

玲儿关切地问："那你没感冒吧？那天我看了一眼鞋架，你那些鞋子基本都穿了三四年了吧，有一双还是你读研究生之前，我给你买的。"

小智憨憨地说道："不打紧，我要那么多鞋干吗？能穿就行。"

这天晚上，玲儿答应小智以后不再删他的微信。

玲儿在D市学校当上了副班主任，每天忙忙碌碌，周六还要给学生补课。一个周末，玲儿到深圳找小智，小智知道玲儿要来，提前将屋子打扫得干干净净，还做了玲儿最喜欢吃的菜。

一起吃饭的还有小智的堂弟卓卓，他前段时间来深圳工作。小智怕卓卓刚到深圳人生地不熟，就给予了他很多帮助，不仅给他找了一个月租仅六百元的房子，而且每天按时将饭菜为卓卓做好，只因担心卓卓刚到深圳来不习惯。因此，玲儿感叹道："哇！他真幸运，有你这么好的大哥。"

小智说："他刚到深圳嘛，工作不稳定，这是他最需要帮助的时候，我作为大哥不能坐视不理，能帮的肯定要帮。"

玲儿疑惑地问道："你们单位不是包吃吗？那现在每天都要做饭？"

小智语重心长地回道："这不是怕他刚来深圳不习惯吗？所以我就做一点家乡口味的饭菜，等他慢慢习惯了，我就不做了。"

玲儿故作调皮地说："那对我怎么就那么敷衍呢？而且你玩游戏的时候，连我的电话都不接。"

小智摇摇头说："我哪敢敷衍你，我玩游戏，是因为我最近在明德学校教SDG课程，我发现通过那个游戏去引出一些知识点，效果会很好。"

晚上，小智做了爆炒空心菜和紫菜蛋汤，玲儿做了可乐鸡翅和炒青菜，这一切就好像回到了玲儿在深圳工作的时候。那段时间，玲儿的工作压力很大，但一回到家就能吃到小智做好的热腾腾的饭菜，很是幸福。现在虽然进了学校工作，没有那么累，但离小智却越来越远了。

"多吃点，这些菜都要吃完！"玲儿的思绪被小智的这句话拉回了现实，明天又要回D市工作了，玲儿看着眼前的小智有些不舍，想说点什么却欲言又止。坐在对面的小智又何尝不是呢？

国庆节，小智邀请玲儿一起回家，但玲儿也想陪陪自己的家人，便没有回复小智。回到家后，小智发微信给玲儿："你怎么不回我消息呢？"

玲儿说："你说那些话，我该怎么回呢？"原来，小智昨晚给玲儿留言道："我们现在不在同一座城市，一个月见一次都难，我总有一种预感——会有一些事情发生。"

# 第38章　七年之劫（下）

由于玲儿和小智各自忙于工作，他们之间的沟通越来越少。打语音电话的时候，话题也很少，还经常为了一丁点儿小事冷战。就这样，两人"冷热交替"的状态一直持续到彩虹生日那天。这天，小智出现在玲儿学校的门口，玲儿看到小智的眼神里充满忧伤，便问道："你怎么了？怎么一副要哭的样子？"

小智眼神闪躲地回道："没有，没什么。"

玲儿追着道："你说不说？"

小智小声地说道："就是看到你瘦成这样了，心疼！过年的时候，你好不容易在我家吃胖了，现在又瘦成这样，唉！"

玲儿说："哦，你今天来干什么？"

小智说："给你妈过生日啊，生日蛋糕都已经到你家了，毛毛拿的。"

玲儿说："好吧！对了，你上次说你单位去哪儿团建？"

小智说："东北、海南和云南，任选一个地方。"

玲儿说："这么好，那你选的哪里？"

小智说："东北，哈尔滨和吉林，我正想和你说这件事，你和我一起去玩玩吧？"

玲儿说："还是算了吧，我这边要上课，根本就离不开。"

放学后，玲儿回到宿舍整理东西，小智看到玲儿的床就是在木板上铺了一层薄薄的床单，心痛不已，就将从深圳带来的床垫加了进去，并将被子叠得整整齐齐的。

可是，七年之劫，并没有随着彩虹的生日一同过去。小智离开D市后，两人的关系仍然忽冷忽热。玲儿觉得这是两人性格不合，七年了都没磨合好，才导致彼此都很累，根本就看不到未来，还不如早点分开。越想越失望的玲儿觉得大鱼海棠已经没有了大鱼，便将微信名改为了"海棠"。

一天，玲儿被梦惊醒，一拿起手机就看到了小智的留言："从九月份开始，我们的感情破了一个洞，我们的爱顺着这个洞在一点一点地消失，每次我们见面，感情能回温那么几度，可是一分开就会迅速降温。但我从来都不信什么七年之劫，我只知道事在人为。"

玲儿回道："爱在消失，你终于还是说出来了，这一次异地，我们应该清楚地感受到我们的性格有多么不合适，才会这样反反复复地折磨彼此。"

小智并没有再回复信息。

这件事后，两人一直没有再联系，直到玲儿在朋友圈看到小智在吉林滑雪的照片，照片里还有一个女生，一怒之下又将小智的微信删了，在心里彻底和小智分手。

小智在吉林时觉得很孤独，心想要是玲儿在旁边就好了，两人就可以一起滑雪。滑完雪后，小智迫不及待地和玲儿分享第一次滑雪的感受，却发现玲儿将自己删了。

小智越想越气，因为玲儿答应过自己无论发生什么事都不再删自己的微信，小智后知后觉：难怪玲儿这些天一直没有发消息过来，这次被删是玲儿发出的一种信号——不需要说分手的分手。

失落的小智抬起头看着漫天飞雪，自言自语道："如果我们分手，真的能让你觉得不再难受，真的能让你幸福，那我必然会充分尊重你的决定。"

在D市的玲儿，越是想忘记小智，就越是会想到他，而且浮现在眼前的都是小智对她好的片段。玲儿不停地安慰自己："这只是分手综合征，毕竟在一起这么久了，心疼是正常的，时间是最好的良药，过了这段时间就没事了。"

这年阳历最后一天，天气异常寒冷，即便穿上棉衣，玲儿仍冷得浑身颤抖。上完课后，玲儿看到一个未接来电，便回了过去，却是无人接听。玲儿以为是别人打错了，便没再管这件事。由于异常寒冷，玲儿早早就洗漱好，躲到了被子里，准备明天一早再回家过元旦。刚进到被子里，手机就开始"丁零零，丁零零"地响了起来。

玲儿接过电话："喂，喂……怎么不说话？"

"是，是我！"电话另一端的小智说道。

此时的时间不是静止却似静止，两人足足有一分钟没说话。这时电话那头的小智先开口了："你，你在干吗？"

玲儿将心中所想一口气吐露："没干吗！我们已经分手了，这是我们打的最后一个电话，有什么想说的就一次性说完吧，打了这个电话后，就不要再联系了。"

# 第39章  新年伊始

至于那年的最后一通电话聊了一些什么，两个人似乎都不太记得了，只记得玲儿问道："今天早上的电话也是你打过来的？打电话过来干吗？"小智回道："今天格外的冷，你又那么怕冷，所以我就打电话过来问问。"

那个电话打着打着，玲儿突然说道："好怀念以前你在身边的时候，我们现在怎么就成这样了呢？"

小智立马看了看顺风车说道："现在都没车了，打顺风车的话不是一点点贵啊？"

　　玲儿一边在被窝里蜷缩着身体，一边说道："今天怎么这么冷……"

　　小智说："我现在过去，你等我。"

　　几个小时后，小智来到了玲儿工作的学校。

　　第二天一早，玲儿在整理行李的时候，毛毛打电话过来问她什么时候回去，小智接过电话说马上回去。接完电话后，小智不经意间看到了玲儿和毛毛的聊天记录，发现了玲儿删自己微信的直接原因。原来，玲儿一直以为小智带了其他女生一起去滑雪，才一气之下，将小智删掉的。于是，小智就找出朋友圈的那张图片，让玲儿好好看看。玲儿仔细一看，才发现那张照片里的不是别人，而是穿着滑雪装备的小智，小智乍一看也觉得有点像女生。不过，误会解开了就好。

　　元旦佳节，两人一起来到玲儿的家里。彩虹看到两人的关系还是这么好，异常高兴。闲暇时光，两人借了毛毛新买的滑板车去河边玩，那天玲儿脚踏滑板车、身着一袭白衣，飘然若仙，小智看在眼里，甜在心头。

元月2号，因为玲儿需要给学生补课，就和小智一同前往学校。在路上，玲儿问小智："你今年过年是回Y市吧？"

小智若有所思地说道："我肯定想回去啊，现在工作了，一年回去一次都变成了奢侈，而且我爷爷的眼睛动了手术，我还一直没回去看他，如果回去的话，你会和我一起吗？"

玲儿回道："去年我已经在你家过年了，还待了那么长时间，今年我想陪我爸妈一起过年。"

小智想了想，说："也是，去年过年你就没有回家，要不，今年我陪你回家过年吧！"

玲儿听到小智这样说，高兴不已。

聊着聊着，公交车就载着两人来到了学校。送玲儿回到宿舍后，小智就告别玲儿回深圳了。

# 第40章　乔迁新居

一天，小智在生活垃圾分类科普教育馆当讲解员，为游客讲解的同时，自己也深刻理解了为什么说"垃圾分类是新时尚"。一回到家，小智就打开电脑，准备写一篇关于垃圾分类蒲公英志愿讲师的文章。就在这时，小智通过电脑旁边的镜子看到身后好像有什么东西在移动，定睛一看，发现窗外有一只大老鼠，估计其体长有将近二十厘米。

小智将其赶走后，回到电脑前，思索着："虽然自己是从农村出来的，小时候见过不少老鼠，但是看到这么大的老鼠，心里还是颤了一下。而玲儿是在城市长大的，对这种东西肯定就更害怕了，不能让玲儿来的时候被老鼠吓着，是时候换个住的地方了。"

第二天，小智参加"扫大街"志愿活动，听社区工作人员邱姐说旁边社区的农民房很不错，租金还不贵。于是，在邱姐的推荐下，小智搬到了隔壁农民房居住。虽然在六楼，但是比起不知道有多少只老鼠的房间还是要强得多。

玲儿结束学校的课程后，又一次来到了深圳，但发现小智的行李还没全部搬过来，就发出疑问："你不是前天就说搬过来住了吗？怎么还有行李在那边？"

小智回道："这两天我已经搬了五六趟了，应该再搬两趟就差不多了。"

玲儿不解地问："你都是这样徒手搬的啊，不知道叫个车吗？"

小智说："我看了一下，随便叫个车都要大几十、上百块钱，不如自己搬，还能锻炼身体。"

玲儿只能苦笑一下，心想小智还真是个铁公鸡，简直就是一毛不拔。虽然这样想，但还是跟着小智将剩下的行李搬了过来。

搬完行李后，玲儿坐在凳子上气喘吁吁地说："其实，我一直想不通，你为什么要这么节省啊，你很缺钱吗？再说了，钱赚来本来就是用来花的，用完后才有动力更好地赚钱，反正我觉得钱肯定不是你这样节约出来的。"

小智说："最近这几年，手头比较紧，因为我要还债。"

玲儿一惊："啊？还债？"

小智说："对啊，家里盖房子的钱还没还完，还有我读研虽然拿到了奖学金，但是在国外生活都是用的自己的钱啊！"

玲儿继续问道："我听你说过，但是我一直以为你们已经还了呢！那你还了多少钱了？"

小智说："去年还了四万。"

玲儿追问道："还欠多少钱？"

小智坦然道："还欠十多万。"

玲儿愧疚地说："对不起啊，我一直觉得你是研究生毕业，工资不错，应该有一定的经济基础了，没想到你的压力这么大。"

小智苦笑了一下，说："唉，我这个研究生都不像研究生了，只有看到我的学位证的时候才想起自己还是个硕士。"小智沉默了一会儿后，继续说道："你之前说钱肯定不是节约出来的，其实我的观点和你恰好相反。对于有钱人来说，钱的确不是节约出来的，但对于底层人民，勤俭节约是前期发展的唯一办法，这也是我妈教给我的。即便我以后有钱了，也一定会保持节约的习惯。"

玲儿说："所以你能走路就绝不搭车，我跟你做的最多的事情就是走路了。难怪你除了主业外，还兼职了那么多份工作，即便这么忙，你也没有把你热爱的公益丢掉。"

小智说："这肯定不会丢的，还债只是目前的任务，而公益和环保是一生的事业。等我将全部的债务都还了，我要更努力地做公益、做环保。"

这时，小智感觉到玲儿好像有些不开心，便问道："怎么了，是不是我欠这么多钱，你不开心了？"

玲儿说："不是，我相信以你的能力，过不了几年就能还清。我是想起了你妈，明明欠这么多钱，还给我买各种好吃的，我第一次去你家时，她给了我那么多钱，上次给我买的香水也不便宜……"

小智笑了笑，说道："在我们村里，我们家条件也不算那么差，有些人和我爸妈年龄差不多大，连独立的土房子都没有，还是和父母一起住。只是我觉得愧对你，你从小就生活在城市，基本上没吃过苦，倒是跟着我以后就受苦了。"

玲儿摇了摇头，说道："这算什么吃苦。再说了，吃得苦中苦方为人上人嘛！"

小智认真地看着玲儿说道："今天是你住在这里的第一天，虽然房子是租的，但也算是新居。想吃什么菜，说吧，我去买。"

# 第41章　生日快乐

腊月二十九，小智到D市陪玲儿过年，并跟着玲儿到D市的亲戚家走访，这将小智的孤寂之情冲淡了许多。上次过年，小智带着玲儿回去大吃大喝，这次换成玲儿带小智大吃大喝了。唯一不同的是，玲儿家没有爷爷和"巴十"，但能凑齐一桌麻将。

因为要回S单位值班，大年初二小智就收拾好行囊回到了深圳，玲儿则留在D市走亲戚，计划过几天小智生日时，再过去陪小智。玲儿很纠结该给小智买什么礼物，因为小智这个人很奇怪，好像对物质毫无欲望，玲儿几年前送他的鞋子、手表，至今未换过。

　　玲儿在小智生日前一天和小智说去不了深圳了，但实际上玲儿已乘坐同事Jessie的顺风车来到了深圳。玲儿看到小智下班出了单位的时候，马上拨通了小智的电话："喂，下班了吗？"

　　小智顺口说道："刚下班，你到哪里了？"

　　玲儿淡定地说道："什么到哪里，我在沙发上坐着呢。"

　　小智有些失望地说道："你真没过来啊！"

　　此时玲儿在抢先一步回房间的路上，她一边走楼梯一边说道："过去也没用啊，你要上班。"

　　小智听到了脚步声，说道："我怎么听到你在走楼梯的声音！你不会已经到了吧！"

　　玲儿强装淡定："我刚刚买菜回来。"

　　小智追问道："怎么可能，以你的速度，不可能这么快的，你在走哪里的楼梯啊？"

　　玲儿依然坚定地说道："家里的楼梯啊，我准备做饭了，你今天晚上准备吃什么？"

　　小智失落地说道："我准备买几根大蒜，好久没吃大蒜炒肉了。"小智买了大蒜和肉走到楼下时，听到了小孩的叫声，而电话里好像也有小孩的叫声，便又问道："你到哪里了？"

玲儿说："什么到哪里了，我准备炒菜了，待会儿我妈就回来了，先挂了。"

刚刚燃起的一点希望又被浇灭了。此时已经在房间的玲儿躲在卧室门后。小智回来后，就直接坐在沙发上给彩云打起了电话。眼看这个电话已经打了十五分钟，躲在门后的玲儿有些着急了。

好在没过多久，小智的电话就打完了，紧接着，小智又拨通了玲儿的电话。这时，小智听到房间里好像有东西在震动，但马上就没有声音了，而玲儿的电话也挂了，小智就带着好奇心慢慢地探头走向卧室，一边又拨打起玲儿的电话。当小智走到卧室门口时，玲儿一跃而出，将小智吓了个正着。

小智反应过来后，马上说道："我就知道你会来的，而且我感觉到你来了。"

玲儿笑道："听到我的手机响还吓这么大一跳，你是不是傻！"

小智好奇道："你是什么时候到的呀？还骗我说

不来！"

玲儿回道："Jessie老公的车要到深圳保养，所以我就搭他们的顺风车过来了，不过他们现在走了。"

小智听说玲儿的同事来了，立马说道："那你怎么不留下他们吃饭呢？"

玲儿无奈地答道："留了啊，但是她和她老公坚持要回去。"饭后，玲儿让小智在衣柜里帮忙拿个东西，小智打开衣柜一看有个盒子，盒子里装的是一双男鞋，便脱口而出道："这就是生日礼物啊！"

玲儿说道："你试一试，看喜欢不？"小智穿上后，走了两步说道："喜欢，很轻，四年了，又有新鞋穿了。"

小智生日当天，玲儿在房间等着小智下班，这时小丽给玲儿打来电话，说自己订了一个蛋糕，马上就送到，要玲儿帮忙点下蜡烛，祝哥哥生日快乐。

玲儿预计小智快下班回家了，就拨通了小智的电话，问道："下班了吗？到哪儿了？"

小智说道："马上就上来了，现在在楼下呢。"

"啊？这么快！"玲儿不由自主地说道。

小智好奇地问道："难道还有惊喜？不是买了鞋子了吗？"

玲儿忙说："想多了，快上来吧，我先挂了。"玲儿挂完电话后，手忙脚乱地打开蛋糕，点上蜡烛，将电灯熄灭，并给小丽打了视频电话。

小智一进门，就看到了点着蜡烛的生日蛋糕，玲儿和小丽齐声说道："生日快乐！"并唱起了《生日歌》，然后玲儿对小智说道："这是你妹妹买的，快许愿吧！"

在吃蛋糕的时候，小智对玲儿说道："这让我想起了小时候，那个时候我们家很穷，但我每次过生日，我舅舅都会给我买个蛋糕。"

玲儿听后，说道："你舅舅对你真好。"

小智看了看视频里的妹妹，又看了看玲儿，感叹道："你们对我也好啊！"

## 第42章　为你写歌

阳春三月，大好时光，可是小智的心却在隐隐作痛，一方面是因为年纪不小了，却还一事无成，另一方面感觉自己除了《青春年华》一书外，已经很久没有写出过像样的东西，没有了以前的那种创作灵感。

这天晚上九点多，小智回忆起和玲儿这七年的点点滴滴，脑海里突然冒出了几个长短句：

独白：我不曾羡慕谈过几个女朋友的人，更不向往古人三妻四妾的生活，我只愿：一牵手，一初恋，便是一生一世。

普通走廊，遇见一段爱情

初次邂逅，互相轻蔑对方

我们因酒而感，因学而动，因玲小姐而倾心

曾一起走南闯北

故宫的宏伟、横店的古装让我们念念不忘

吵吵闹闹没什么大不了

重要的是我们心里都有着对方

牵手时刻就是一生一世

前途陌路也会一起走下去

本科毕业，我们没有走散

异国之恋，这才悄然开始

我们跨着大洲，隔着时差，借助月光来相恋

曾一起境外旅游

狮城的海鸥、新山的诗意让我们流连忘返

吵吵闹闹没什么大不了

重要的是我们心里都有着对方

牵手时刻就是一生一世

前途陌路也会一起走下去

前途陌路也会一起走下去

对于写散文的小智来说，其实自己是有点看不下去的，还一度质疑这写的是什么，自己是不是真的已经步入中年了。但看着看着，就不由得跟着词唱了起来，作为一个音乐门外汉，小智居然感觉自己唱得有点旋律。

于是，小智索性将唱的录了下来发给玲儿听，玲儿听后打视频电话给小智说道："我觉得很好啊，但是有些词用得不妥，比如'轻蔑'，你觉得呢？"

小智回道："第一次见面本来就是我轻蔑你的临时抱佛脚，你轻蔑我的狂妄自大以及不修边幅。"

玲儿并不同意小智的说法，坚持道："我还是觉得不妥！"

"这是灵感涌现而成的，改了就不是灵感了！"小智没底气地说道。实际上小智对自己的这个鬼扯也挺无语的。

玲儿见小智这么坚持，便说道："好吧，你说这样就这样喽。我刚刚又仔细看了一遍，发现你的才华还是在的，并不是像你所说的，已经江郎才尽。"玲儿见小智露出不解的表情，继续说道："歌词虽然看上去轻描淡写，但是有一种真挚朴实且意犹未尽之感，另外，这个曲调也易于传唱。"

小智一看玲儿开始发表自己的见解了，便追问道："哦？还有吗？"

玲儿回道："歌词中第一段的'北'和'伟'都押'ei'的音，'故'和'古'同音，第二段的'游'和'鸥'都押'ou'的音，'狮'和'诗'同音，'宏伟''古装''海鸥''诗意'交相呼应、交叉对仗。"

小智带着佩服的语气说道："厉害厉害，这都被你发现了。"

当晚，小智经过一系列的询问后，找到一个乐队的小兄弟帮忙配伴奏。小兄弟很努力地教小智打拍子、卡节奏，但无奈小智的音乐细胞不太发达，只好让小兄弟做一个最简单的"人声旋律相一致"伴奏。

之后，小智又去录音棚将歌曲录制了出来。玲儿听后说道："我觉得很好，只是我没有想到，平时那么抠门的你会为了一首歌花这么多钱。"

小智一本正经地说道："没事的，这种东西一辈子可能就这么一次，毕竟我们不是专门搞音乐的。"

玲儿感动地说道："或许，这首歌在别人听来不是那么好听，但是我觉得还好……"

小智打断玲儿说道："因为你是音痴嘛！哈哈！我的声带一点都不适合唱歌。在专业人士看来，这首歌肯定是要调没调，要节奏没节奏，甚至这都不能算是一首歌，所以啊，这只能叫为你写歌，而不能叫为你唱歌。"

玲儿听后，哈哈大笑道："那我想问问作者你，你是怎么看待这首《第一个女朋友》的呢？"

"我啊，我觉得现在这个《第一个女朋友》是一首歌，未来，它也有可能是一本小说、一部电影或一部电视剧。"小智一本正经地说道。

玲儿附和道："哦？这么厉害的吗？"

"但是啊，那些都不重要，重要的是，它是一段真实的人生，一种坚定的信念，一种无私的守候！"小智补充道。

## 第43章  坚定的心

小智休了一个小长假到北京参加全国榜样盛典，顺道拜访老朋友J博士。在聊天的过程中，J博士突然问小智有女朋友了没？表示自己有好几个优秀的朋友，可以介绍给小智，以那些朋友的家底，小智少奋斗三四十年是没问题的。

小智笑了笑拒绝了，说道："我有女朋友了，虽然我们的家庭条件都不是很好，但我们在一起七年多了，如果我离开了她，那她该怎么办呢？"

J博士接着说道："你有女朋友了，就当我没说。"

小智喝了口茶后，说道："按照现在的房价，我可能一辈子都买不起房子。但是好不容易来到这个世上一次，不能只为了物质方面的东西吧！大家都说现在这个社会上纯粹的爱情已经很少了，所以我更应加倍珍惜我现在所拥有的这份感情！"

J博士听后，赞扬地说："是的，肯定很多人羡慕你们的这份感情。至于事业方面，你不用太焦虑，我相信你一定能成功的，你年纪轻轻就已经做了这么多事，我在你这个年纪的时候，还是一个懵懵懂懂的小姑娘，什么都不懂。"

小智举起茶杯说道："谢谢，借您吉言，希望真会有那么一天。"

J博士似乎比小智还有信心地说道："肯定会有的，到时候啊，我回忆起来还能自豪地说当年还和你在一个桌子上吃过饭呢！"

小智听后说道："这说的……不管未来结果怎样，但在这个过程中我会努力的。"

会完老友后，小智回到Y市陪母亲彩云做了已经拖了好几年的乳腺脂肪瘤和胆囊结石手术。玲儿本来准备从D市赶来看望彩云，但被小智以交通费用太贵为由拒绝了。小智等母亲休养了一段时间后，才回到深圳继续工作。

临近端午节，玲儿对小智说道："我们好久都没有出去玩过了，要不然趁着这次端午节假期去H市看看海怎么样？"小智一听，觉得也是，自从工作后，两人就没出去玩过了，便接受了玲儿的提议，并准备带彩虹和毛毛一起去。

于是，小智连夜规划好了行程，预订好了酒店，做好了旅游前的一切准备事项，只待端午的到来。两人已经一个多月没见面了，都对这次端午的H市之行满怀期待。

好不容易等到端午假期前夕，小智收拾好行囊，准备一下班就坐顺风车到D市和玲儿见面，但突然被领导叫到办公室："上级发了通知，现在深圳又出现了变异蟑螂，我们单位的职工非必要不能离开深圳。"小智一听，虽有些失落，但马上和领导说道："一切听从安排。"

小智将不能离深的消息告诉玲儿后，虽然能理解，但玲儿还是有些不高兴。晚上和小智打电话的时候，玲儿说道："本来对端午节还蛮期待的，但现在你过不来，我就一点期待都没有了！"

端午节的当天，玲儿在微信上问小智："你在干吗？今天吃粽子了吗？"但小智并没有及时回复，直到两小时后，小智才发了几张在消杀变异蟑螂的照片给玲儿。

单位发职工可以离开深圳的通知后，小智立马飞奔到D市与玲儿见面，并下厨为玲儿做了好几个菜。玲儿问小智："你还记不记得，你写下的'30岁之前要实现的30个愿望'的最后一个是什么？"

小智一边给玲儿盛饭一边回道："肯定记得啊，许你一场婚礼！"

玲儿接过饭碗说道："嗯，我想要中式的！"

小智夹了块肉给玲儿："嗯嗯，但中式好像有点贵。"

玲儿憧憬道："不用很隆重，只是个仪式嘛！"

小智答道："我记下了。"但很明显，小智开始闷闷不乐地陷入沉思。玲儿观察了一会儿，然后用手拍打了小智一下说道："怎么了？看起来一点都不开心啊。"

小智用低沉的声音回答道:"没事。"

玲儿放下碗看着小智说道:"我还不知道你,肯定是有什么事!说吧!"

小智很坦诚地道出了心中的想法:"接下来要筹办婚事,按照你们家的习俗,要去你们亲戚家拜访,那肯定不能空着手去吧!"

玲儿说道:"这个是肯定要的,当时大宏姐夫也去了各位叔叔姑姑家,当然这个不好比,他在社会上打拼那么多年了,而你才刚毕业没几年。"

小智疑惑道:"我知道,除了叔叔姑姑舅舅家外,你还有十七个爷爷,他们家也都要去的吗?"

玲儿很肯定地回道:"一起去呗!"

小智沉默了一会儿后,说道:"其实,我这几年赚的钱都用来还债了,现在家里没什么钱。彩礼、摆酒、婚纱照……感觉连婚都结不起了,你会不会觉得我很没用?"

玲儿摇了摇头说:"我从未这样想过,我知道你都会做到的,因为你有一颗坚定的心。"

# 第44章 诚意提亲

周末，小智和玲儿相约到D市最大的一家婚纱店里试婚纱，毛毛正好休息，便开着二叔的车送玲儿和小智到婚纱店。因玲儿比较纤瘦，所以试了一件又一件婚纱才寻得几件合适的。而小智对于挑选衣服这件事是个门外汉，好在毛毛在旁边，很快帮小智挑了几件既时尚又合身的衣服。

玲儿在试衣间换衣服，试衣间外的小智手捧五十二朵玫瑰花，迫切且紧张地等待着玲儿出来，脑海里还想了一大段告白的话语。但等到玲儿换好衣服出来，小智却成"哑巴"了，只是直男般的将花递到玲儿面前，并说道："送给你一束花吧！"

玲儿看到花后没反应过来是什么情况，便说道："谢谢，这是从哪儿弄来的花啊？是真花吗？"

小智很认真地说道："是真的，我花了钱的。"

玲儿调皮地说道："哦？我还以为是道具呢。"

小智继续说道："是专门买来送给你的！这就是求婚的花了！"

这时玲儿才反应过来，心想难道这就是自己被求婚的现场吗？

小智接着说道："别人求婚都有钻戒，可是我们没有钻戒怎么办呢？"

玲儿一边将花推给小智，一边说道："那你拿回去，重新来吧！"

这时，小智一边从口袋中拿出一个心形小盒子，一边说道："别人有的，我们也要有啊！"然后打开盒子，里面是一枚钻戒。

玲儿惊讶道："你已经买了啊！我都不知道！"

小智点点头，然后顺势将钻戒戴到了玲儿的无名指上。

玲儿一时间不知所措，只是羞涩地说了一句："谢谢！"玲儿看了看戒指，又看了看身上的衣服，说道："这件衣服好像不是很好看吧？"

小智笑了笑，说道："嗯嗯，那去换掉吧！"

等到贪玩的毛毛过来时，仪式已经结束了。他看到地上的花乐呵呵地对小智说道："哥，这是要开始了吗？"

小智回道："不，是已经结束了！"

玲儿换好衣服走出试衣间责怪毛毛道："原来你都知道，你俩是串通好了的！你是什么时候知道的？"

毛毛故作正经地说道："我早就知道了，我'出卖'了两个姐姐，当时大宏姐夫向大伶姐姐求婚，我也事先知道。"

玲儿责怪道："不告诉我，早知道我应该化个妆再出来啊！"

接下来的那个周日，两人来到玫瑰海岸婚纱摄影基地拍婚纱照。玲儿穿上白色的主婚纱，化身为新娘，飘然若仙。小智则穿上蓝色的西服化身新郎。两人像是在广阔无际的大海前立下海誓山盟。

婚求了，婚纱照也拍了，接下来小智就安排彩云和彩虹见面商量两人的婚事。两位母亲一见面，便相谈甚欢。在接下来的日子里，每逢周末，小智就从深圳来到D市给玲儿做饭。那段时间，经常可以看到一个男子骑着电动车穿过古园林，跨过东江支流给他正在上班的心爱女孩送饭。

　　很快，小智和玲儿到D市领结婚证，陪同玲儿前来的有Jessie和Cici。到了婚姻登记中心后，因为小智只带了户口本里的户主页和自己的信息页，而被告知无法办理登记手续，只能下次将内页补齐了才能办理。

　　这时，玲儿无奈地说道："出发之前我还特意和你说了，检查一下证件是否齐全，现在怎么办？"

　　小智也很无奈地说道："我又不知道这里不允许将户口页分开使用啊，我老家那边都是可以一页页单独使用的。"本来是个登记的大喜日子，现在却因为户口本的事情导致不能登记，心里形成的落差感怎能不让人生气？小智为了不留下遗憾，再次向工作人员说明情况，极力争取登记。

皇天不负有心人，不一会儿，小智向玲儿招手，示意她过去，并说道："可以办理了。"玲儿长舒一口气，脸上重新洋溢起幸福的微笑。登记完后，Jessie和Cici便充当起了摄影师，为这对新人拍了好多照片，并送上祝福。

秋天是收获的季节，姑姑、剑剑、小丽陪同小智一起来到玲儿的老家提亲。晚上，玲儿带小智到一条小溪边散步，小智说道："古人提亲有'良田千亩，十里红妆'之说，良田千亩，十里红妆，我是没有，但铺十里红布，我还是能做到的。"

玲儿听到后，笑着说道："哦？是吗？你这么节省的人，还愿意买那么多红布？"

小智看了看小溪，又看了看玲儿，说道："你已长发及腰，青丝绾正，我愿铺十里红妆，来这曲水边，执你之手，两两相伴！只是那么多布太铺张浪费，而且不环保。"

玲儿笑着说："傻的，我认为'良田千亩，十里红妆'并不是指物质的东西，而是精神层面的陪伴。只要你对我好，那便是最好的十里红妆啊！"

# 第45章　十里红妆

时间终于来到了这一天，一大早，玲儿就被化妆师的敲门声吵醒。换上红色秀禾服、化好新娘妆，玲儿紧张地等待着小智的到来。除了卓卓和毛毛去当兵无法到场外，其他兄弟姐妹都赶来捧场，还玩起了堵门、找婚鞋等游戏。出嫁的路上，玲儿并不孤单，因为不止有小智的迎接，还有父母、叔婶、姑姑姑父、兄弟姐妹的陪伴。

快到小智家里时，最先映入大家眼帘的并不是小智家的房子，也不是前来道贺的人们，而是中式婚礼的舞台，那么喜庆、精致、典雅。小小的舞台将玲儿心里的"十里红妆"展现得淋漓尽致。紧接着，两个纸筒烟花由地而起又从天而落。

仪式开始，这对新人及父母在司仪的介绍中庄重入场。只听司仪说道："华夏婚礼神圣而典雅，庄重中尽显祥和，中式的礼仪，端庄而不失飘逸。在乐曲声中一对新人向我们款款走来。借来天上火，燃成火一盆，新人火上过，日子红红火火啦（跨火盆）！一块檀香木，雕成玉马鞍，新人迈过去，步步保平安（跨马鞍）。"

紧接着进行三拜仪式，"一拜天地，拜世间万物，拜古今未来。"小智和玲儿进行了第一拜。"二拜高堂，拜父母生育恩、养育恩、教育恩。"两人转过身来，对着父母进行第二拜。"夫妻对拜，拜八年开花结果，拜余生富足常乐，拜此千古之佳话。"两人相向完成了最后一拜。

随后，双方的父亲作为家长代表分别进行了发言，不发言还好，一发言就将两人感动得泪光闪烁。

轮到小智发言时，他首先感谢了玲儿："我要感谢我的妻子，今年是我们在一起的第八年。我们的情况有些不同，我是从八岁开始，只要有假期就跟着我的爸爸在外面做事，可以说是吃了比较多的苦，但是我的妻子不同，她在父母的爱护下长大，吃的苦就比较少，反而跟着我之后还多多少少受了一些苦。"说到这儿，玲儿感动得摇了摇头。小智继续说道："在今后的日子里，我可以吃遍天下所有的苦，但我绝对不能让她受苦。谢谢我的老婆！"顿时，婚礼现场响起了雷鸣般的掌声。接着，小智感谢了双方父母和亲戚朋友。最后，小智还不忘在婚礼上宣传环保，提到了自己做环保的初衷，提到了应该继承先贤的精神，提到了做环保也是为了子孙后代。

仪式结束后，玲儿在客厅看到大伶正翻阅着《第一个女朋友》的初稿，便问小智："你确定将来这本书就叫《第一个女朋友》吗？不改个名字？"

小智笑着回道："不用改，就叫《第一个女朋友》。"

玲儿故意说道："那依你的意思，还有第二个，第三个，第四个喽？"

小智摇了摇头，说道："以前，大部分人提起初恋，都觉得初恋是用来回忆的，用来成长的。但我一直认为初恋是美好的，是可以共度一生的。所以在这本书取名的时候我就想好了！"

玲儿感觉小智的话没有说完，便追问道："想好？想好什么？"

小智一本正经地答道："我的第一个女朋友，就是我的第一女朋友，也是我的第一个夫人，更是我的第一夫人。"

玲儿依偎在小智的怀里，幸福地笑了。

# 彩蛋

●　●　●

———

新一年的初三，小智一家人给姑姑做生日。大约晚上七点左右，小智、剑剑、姑姑和爷爷正在打"巴十"，玲儿的肚子突然痛了起来，像是要生了。但小智抓了一手好牌，想打完这一局，便说道："抓了一手好牌，打完这局，马上去医院。"

坐在对面的剑剑直接将牌扔掉说："我开车送你们去医院。"路过小智家的时候，玲儿肚子的疼痛缓解了一些，就建议小智回家带些住院需要用的东西。

一时间内，彩云、小智、小丽手忙脚乱，衣服都在满天飞，像极了电视剧里面的场景，好在玲儿提前将一些东西准备好了。到医院时，玲儿的肚子不怎么痛了，检查结果也表明孩子一时半会还不会出生，且离预产期还有一个星期，一行人便从医院返回了家中。

## 二

大年初五，玲儿抚摸着肚子，对肚子里的宝宝说道："宝宝，如果可以的话，妈妈希望你今天或明天能出来哦，要不然你爸就要去深圳上班了！"肚子里的宝宝踢了踢肚子，像是在回应。

第二天早上七点左右，小智被玲儿的一句"小智，快醒醒，我的羊水破了，可能要生了"惊醒。这一次，他们有条不紊地到了医院。晚上十一点左右，一家人终于迎来了小宝宝的诞生。宝宝趴在玲儿的怀里，好奇的小眼睛到处打量着周边的一切。手术室外的小智得知玲儿生了个八斤的大胖小子，眼眶情不自禁地红了、湿了，心想玲儿一定是用尽了全身的力气。

这时，一场不期而遇的雪铺天盖地落了下来，素裹银装。窗外，正在燃放烟花的孩子们唱起了《瑞雪兆丰年》。

## 三

一天，彩云、小智、玲儿带着宝宝到溪边玩。玩得累了，就坐在草地的野餐垫上。

这时，宝宝爬到了玲儿的身旁坐了下来，他一边用手抚摸着玲儿的肚子，一边嘟嘟囔囔地说道："宝宝，宝宝。"

彩云见状，说道："哦，宝宝在摸另一个宝宝啊，那你亲一下另一个宝宝！"宝宝听到彩云的话后就真的去亲了玲儿的肚子。随后，彩云问小智和玲儿："这个宝宝都快出生了，你们取好名字了吗？"

只见小智和玲儿相视一笑，然后小智说道："我想，我也会有一条小溪。在那条小溪旁，人们因有好事交谈得非常开心，周围绿树成荫、鸟语花香，溪水清澈透明、甘甜清凉、潺潺流动，溪水中，鱼跃虾欢，生机勃勃，一幅人与自然和谐共生的生态画就此应运而生。"

# 推荐语

● ● ● ●

青年作家郭智孚的小说《镌刻似水流年》问世，可喜可贺！他讲述的不仅是一个令人羡慕的爱情故事，同时也是一个有血有肉、有家国情怀的励志故事。相信此书将为年轻读者的爱情观、价值观起到一定的正面引领作用。这是他的一部小说处女作，我希望在漫长的文学道路上，这只是开始，更多多彩且艰辛的路程还在前边……

——鲁迅文学奖获得者、山东省作家协会原副主席　许晨

　　我和郭智孚是两代人，他和我儿子差不多同龄。每代人的风流不尽相同，但数风流人物，不管相隔多少代，都有相同的热情、自信、奋进……我从郭智孚的设计会徽、热衷环保、参与公益，联想自己当年的文艺演出、每天一首诗、高考临时抱佛脚……相同的是我们在差不多的年龄段经历初恋，不同的是我的初恋成了往事，他的初恋展望未来。

——国家一级作家　丁力

　　郭智孚才思敏捷，热爱生活，热爱文学，是一位勤于笔耕、颇具创作实力的青年作家，不久前他凭借散文集《青春年华》获得了"第七届佛山文学奖·新锐奖"。最近他又创作了一部都市情感类自传体小说《镌刻似水流年》。小说以两位青年大学生由大一时暗生情愫到毕业后走进婚姻殿堂的感人爱情故事为主线，书写了新时代青年男女的婚恋观、价值追求和家国情怀。其中两位主人公历经社会生活的各种考验，携手创新创业，开展异地（国）恋，以及彼此的情感波折，这段故事写得波澜起伏、曲折动人，具有较好的文本意义。

——广东省作家协会主席团成员、佛山市作家协会主席　张况

人生短短几十年，转瞬即逝。在似水的流年里，我们能留住什么呢？是初恋？是爱情？是亲情？还是初出茅庐的赤子之心？而此书恰好将这些都留住了，并镌刻了下来。每当翻阅此书，我都能感受到扑面而来的青春、爱情和奋斗的美好。

——生态环境部宣传教育中心项目主管　肖娟

青春岁月似水流年，很高兴在小说里看到了两个美好的故事，一个关于爱情，一个关于环保公益。爱情也好，环保也罢，都不是一帆风顺的，但小智最终坚定地选择把"从一而终"作为信仰。也因为他的坚持，最终都修成正果，这对我们当地青年有很好的借

鉴作用。这里，我也跟读者朋友分享一句话：坚持相信美好，你终将遇到美好！


——湖南省生态保护联合会常务副会长、湖南省青联委员　何建军